Mallorca.

La isla más terrorífica.

Mallorca.
La isla más terrorífica.

- RELATOS OSCUROS -

Joan Cabalgante Guasp

Toni Sicilia

Óscar Millán Vivancos

Maribel Racedo Hernández

Pau Garcia

Prólogo de Yasmin Ferrer Huckson

Primera edición: noviembre, 2024
Título: Mallorca. La isla más terrorífica.

07012 Palma (Mallorca)
www.rapitbook.com

ISBN: 978-84-10484-09-2
Depósito legal: PM 00813-2024

Autores: Joan Cabalgante Guasp
Toni Sicilia
Óscar Millán Vivancos
Maribel Racedo Hernández
Pau Garcia
Prólogo de Yasmin Ferrer Huckson
Imagen de cubierta: Lorena Benítez Ruíz
Edición: Andrés Cárdenas, para Rapitbook

Patrocinado por:
PHOVEO.
Aceleradora de proyectos de terror y fantasía.
PHOVEO

Impresión y encuadernación:
Fotocopistería Impresrapit, S.L.
www.impresrapit.com

Impreso en España - *Printed in Spain*

Contenido

Prólogo

«...ambos sois tenebrosos y discretos
hombre, nadie ha sondeado el fondo de tus abismos,
Oh, mar, nadie conoce tus tesoros íntimos
Tan celosos sois de guardar vuestros secretos
Y empero, he aquí los siglos innúmeros
en que os combatís sin piedad ni remordimiento
tanto amáis la carnicería y la muerte,
Oh, luchadores eternos, oh, hermanos implacables»

El hombre y el mar de C. Baudelaire

Mallorca se ha convertido en una isla de imposibles, vagada por fantasmas que, con los nervios agarrotados por la idea de ser expulsados al limbo, hacen subir el precio medio del alquiler, y así acaban por compartir su casa encantada con privilegiados europeos de bien. Los cuadros de Joan Miró en los hoteles parecen querer decirnos algo a los que servimos ahí. Los epígrafes de las tumbas muestran nombres suizos y germánicos en el cementerio municipal de Alcudia. Parecen ser bajas de soldados de una guerra invisible actual. Ya han obligado a los espíritus de mallorquines a modernizarse y estudiar el idioma extranjero mientras lidian con la eterna espera. Los espectros rabiosos cuchicheando se meten en *foravila* a hervir la sangre del payés, el cual desborda ya harto del ruido de meharis, *buggies*, safaris, *shuttles*, *ubers*, el *run run* de las fiestas privadas y las señales en inglés de las urbanizaciones turísticas *sometimes* impronunciables. La *nina de la curva* se fue impertinente y solitaria a molestar a los isleños, a matar las gallinas, a desenterrarle a los *pobleros* los tubérculos, a malformar las manos hacedoras de *llata* y a demenciar los pocos residentes que compartían *rondaies* orales, solo por diversión vengativa.

Estamos rodeados. Solos y rodeados de gente. Qué miedo. Aislados del mundo, este no podrá, ni querrá, escuchar nuestros gritos de ayuda. Separados por kilómetros de agua salada de la siguiente roca donde agarrarse ya exhaustos, con las falanges hinchadas y arrugadas. Somos un sesenta por ciento agua y un cuarenta por ciento humanos. El mar pues, no tiene ni gota de humanidad. Y definitivamente va a tragarse todos los chalets y chiringuitos de primera línea, la piedra en seco y los *airbnbs*, los *tattoo-piercing*, las churrerías, llenando sutilmente los recovecos y los metros cuadrados de las losas de la Plaza de España. Arrollando y engullendo toda la gentrificación y todo lo arcaico también. Creando tanques de agua y cemento en los párquines subterráneos. Nos pillará metidos en la cama como ese matrimonio viejito del *Titanic*. Quizá algunos yacen solos sobre cartones en un cajero oliendo a lejía esperando que llegue al fin la marea. Las lagunas de cuerpos flotando como cisnes con los cuellos partidos a lo largo de las Ramblas, seguirán la inclinación natural de la isla, como una caricia sedosa de posos de la construcción hundidos en el elemento de Arquímedes. Los árboles serán los nuevos arrecifes. El ascenso se iniciará desde el mar, la biogénesis mortal, hasta las GR de la sierra de Tramontana, llegando en cuestión de minutos donde el bus lanzadera suele embotellarse. El agua serpenteará por el nudo de la corbata y se unirán los torrentes, anhelantes del protagonismo de los ríos en los mapas hídricos de España. Y ningún alumno tendrá que estudiárselos nunca más, porque la última escuela tocará fondo en el olvido. El fósil de los que aprendimos a dar los primeros pasos pretende ser la isla de Atlas. Rechazados, los bípedos implumes de aletas paralímpicas, no perteneceremos a ningún mundo. El cielo no nos quiere por nuestra gravedad y el mar nos expulsa por nuestro oxígeno. En Mallorca ya nadie podrá vivir. Flotaremos, sin rumbo.

Yasmin Ferrer Huckson

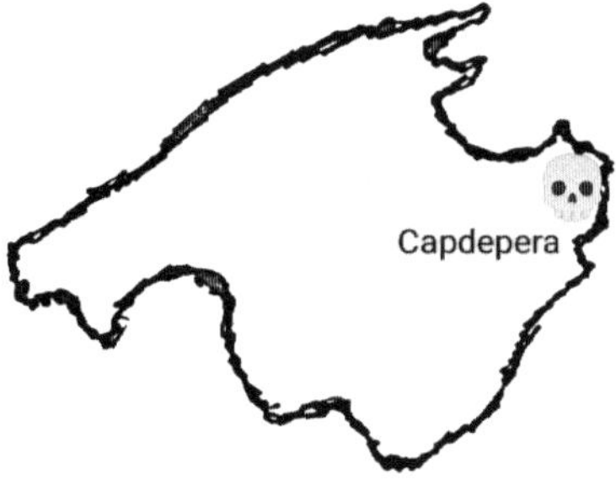

Terror en la biblioteca

De Joan Cabalgante Guasp

«Hay sangre fresca por debajo de la puerta del salón...»
Cerebros Exprimidos

No había pasado mucho tiempo desde la última vez que se vieron, sin embargo, aquel viernes, a las ocho y cuarto de la noche, los tertulianos empezaron a congregarse en la biblioteca de Capdepera. Tímidamente se saludaron todos, despacito, a medida que se topaban entre las estanterías del habitáculo, después de haber recibido la efusiva bienvenida de la bibliotecaria. Su ayudante, una experta en libelos antiguos, seguía la jugada por detrás del cristal de sus gafas de montura dorada. Estaba en la sala toda la congregación de lectores empedernidos del pueblo, unos altos y mayores, señoras recatadas y elegantes, todos con un punto en común: la lectura. Pero no una lectura cualquiera, sino la lectura de un mismo libro, pues se ponían de acuerdo, cual aquelarre vespertino, para conjurar sobre lo que se escondía tras las páginas, que en un principio parecía estar reservado para las mentes más exquisitas, pero que en el fondo era una cuestión de tiempo y paciencia poder llegar hasta el final de cada novela. La lectura que les ocuparía toda la noche era un libro de una autora bielorrusa, Tatyana Yurkevich, enormemente homenajeada, que se consagró con el título elegido para la velada: *Agua pesada*, de la editorial Documentos isleños.

Lentamente, los lectores se aproximaron a las mesas hábilmente agrupadas por el personal de biblioteca, y comenzaron a leer la pequeña y curiosa guía que había preparado para ellos la bibliotecaria. Algunos de los presentes empezaron a darse cuenta que en aquella biblioteca había algo extraño, era una luz que provenía de un reloj de pared que marcaba justamente la hora prevista. Había llegado entonces el momento de empezar.

Sin pensárselo ni un segundo, la bibliotecaria comenzó a exponer la gloriosa carrera de Tatyana como escritora, así como su extensa bibliografía. Los tertulianos estaban sentados haciendo un círculo y aunque la distancia era holgada, todos estaban lo suficientemente cerca como para verse las caras: aquel señor barbudo con aire aristocrático, la cara dulce de una señora de grandes mofletes y pelo liso, la anciana enjuta que sostenía su ejemplar bajo una mirada penetrante, la baronesa Quissen que había decidido dejar su caniche en casa después de la última y desastrosa aparición con el animal...

Todos estaban esperando ese momento, el silencio de la amable y experimentada bibliotecaria para dar paso a sus conversaciones. Las mesas blancas reflejaban el pudor de sus almas que despacito despertaron en comentarios sin trascendencia, aparentemente: que si el libro me ha gustado mucho, que la autora escribe genial, que si tiene pasajes fantásticos...

Primeramente, empezó a disertar una psicóloga de pelo lacio y rubio, que tenía pacientes verdaderamente latosos, pero no desataremos su secreto profesional, aunque no sea una confesora urbana. Decía ella que los personajes que aparecían en el libro le habían parecido estrambóticos, nada creíbles y que intuía que la autora carecía de sentido del humor, a lo que le contestó un enérgico y altivo señor ataviado con una boina a lo Iñaki Anasagasti, que *nanai de la China*, que todos sus personajes habían sido perfilados con el cincel analítico de una gran creadora y que su profundidad en el retrato dejaba clara la intención de cada uno de ellos y daba a entender que el hábito no hace al monje, pues nada parecía aquello que era, como en aquella sala, donde los neones relumbraban y dejaban ver todavía más, la tez blanquecina de algunos de los tertulianos. Concretamente el de una señora mayor que sin decir apenas nada, lo decía todo, porque sus ojos, como dos almendras, observaban todo lo que allí acaecía y sus orejas escuchaban hasta el crujir de las estanterías.

Seguidamente, habló un joven interesado en política, con gafas de pasta y que mascaba chicle. Dijo:

—El libro no está mal, tiene sus momentos de gloria, y la tía, la Tatyana esa, escribe que es un primor. Ahora bien, no entendí bien por qué el libro termina en...

—¡Alto ahí! —gritó una esbelta muchacha que ejercía de peluquera en un local cercano—. No me gusta nada que me cuenten los finales, así que por favor no lo hagas.

—¿Por qué? ¿Acaso no estamos en un club de lectura en el que se supone que todos hemos leído el libro? ¿O es que tú no has hecho los deberes? Se ve que no —dijo con sorna.

—Pues no. Además, no estamos obligados a leérnoslo, así que *¡A la chita callando!*

El chaval no dijo nada... y siguió mascando chicle. Tomó el relevo una mujer mulata de mediana edad, que se había encargado de una tienda de lanas y cosméticos que regentaba a la entrada del pueblo. Otra señora que decía provenir de la Patagonia se empeñó en demostrar que a un buen lector le da igual el tipo de punto de libro que utilice: puede ser un trozo de papel, una tarjeta, una lima...y si es un punto de libro, mejor. Contaba que del libro le había interesado el episodio que revela que las aguas contaminadas llegaron a la población y que su cuñada, tras haberse comido un pollo al ast, ingirió un vaso de aquel líquido tóxico que la dejó paralizada de cintura para abajo.

—Ahora entiendo lo de *Agua pesada*... uf, ¡qué mal trago!

En ese momento la mayoría de tertulianos (iba a decir *comensales*, por la copiosa comida que realizaban después de cada encuentro *in situ*) se puso a reír. Todos, excepto uno, un conde remilgado que llevaba un parche en el ojo y que, con el que le quedaba, no paraba de mirar las agujas del reloj, que le parecían fláccidas bajo su mirada oblicua, tal cual lo eran los relojes de Dalí en su lienzo *La persistencia de la memoria*, los marcadores que había junto al bisel le parecían de una fluorescencia incómoda, poco habitual y le llamaron la atención por unos instantes.

De repente, la luz se apagó y después de unos breves segundos volvió. Ante la estupefacción de los asistentes, la baronesa Quissen tenía la cabeza sobre la mesa y descansaba sobre un charco de sangre, que se iba haciendo grande, a medida que las bocas de los presentes no paraban de abrirse. Algunos lloraban, otras giraban la cabeza y el asco y el terror se había alimentado de sus almas.

—La baronesa está muerta. ¿Y ahora qué haremos? —Este fue el escueto comentario del conde.

Un grito quebrado se oyó en la sala y los invitados empezaron a mirarse y a desconfiar unos de otros. Sin decir nada hasta pasados unos minutos, la bibliotecaria tomó la palabra:

—Que nadie se atreva a salir de la sala. Nadie se va a ir de aquí hasta que no sepamos quién ha sido el asesino.

Todos los tertulianos estuvieron de acuerdo. Después llamaron al personal de limpieza y a la policía para que pudieran llevarse el cuerpo.

Mientras cada uno de los presentes no salía de su estupefacción, comentó una enfermera que solía decir que no le gustaban los libros en los que había muertos, que esta vez el traspasado era real, pero todo esto lo dijo para sus adentros, porque no se atrevía ni lo más mínimo a hacer ese comentario en público.

—Creo que tendremos que cancelar el club —dijo consternada.

—¡No tan deprisa! —replicó el agente Piedrabuena, que acababa de entrar por la puerta principal.

El agente empezó a interrogar a los tertulianos uno por uno, queriendo hallar al asesino entre los presentes. Las horas iban pasando, las agujas del reloj giraban lentas y pesadas y los asistentes de cada vez estaban más y más cansados. De repente, mientras Piedrabuena le hacía la última pregunta al altivo señor de la boina a lo Iñaki Anasagasti, una piedra rompió una de las cristaleras de la biblioteca. Atado a ella, un papel con un mensaje en forma de pareado que decía lo siguiente:

«Si contáis las horas del reloj de vuestra vida,
se os va a terminar enseguida.»

Entonces, cuando la bibliotecaria hubo leído la nota, el pánico se desató entre todos los presentes, mientras Piedrabuena intentaba poner orden en la sala.

—¡Quieto todo el mundo! —gritó el policía.

Entonces todos se calmaron y pararon. Todos, excepto la peluquera del local cercano.

—¡Necesito tomar algo! —exclamó ella con las manos en el cuello y la mirada perdida.

Entonces la bibliotecaria le acercó un cómic de Rose Mary Blood y se lo estampó en la cara. En un instante los ojos le salieron de órbita y empezó a vomitar y a extender su lengua pantanosa por toda la sala. Pensando que la bibliotecaria pararía le dio a leer otro libro, a lo que la peluquera respondió con más vómitos y arcadas.

—¡Pare usted, señora, que va a atragantar a la muchacha!— dijo Piedrabuena, con una cierta sonrisa.

La bibliotecaria le miró con cara de pocos amigos y se apartó de allí. Todos estaban muy nerviosos, hasta que de repente el señor de la boina cayó desplomado dejando congelada a la audiencia. Piedrabuena se acercó tímidamente a él escrutándolo con su anteojo y después de un momento analítico dijo:

—Lleva el color púrpura en los dedos.

¿Qué podía significar eso? ¿Acaso el asesino había lanzado un terrible veneno sobre ellos? Sea como fuere, esto agravó todavía más la situación, pero, para que no hubiera más problemas, Piedrabuena ordenó el rápido levantamiento del cadáver. Podría haber más homicidios en esa habitación, por eso todos se miraban los unos a los otros con la mirada clavada en los ojos del vecino y la mandíbula medio desencajada ante la estupefacción. Pero realmente, qué significaba ese color, acaso era una marca que había dejado el asesino o el resultado de una mala indigestión de algún nocivo producto.

Nuevamente y sin que nadie lo esperara, la ayudante de la bibliotecaria notó que algo la estaba asfixiando, se llevó ambas manos al cuello, pero ya fue demasiado tarde: su lengua salió torcida de la boca y quedó como un cordero degollado tiritando hasta su último aliento sobre la mesa repleta de libros. Hubo desmayos y algún que otro sollozo, la situación estaba descontrolada, pero el inspector no había perdido la esperanza de hallar el asesino esa misma noche. Por otra parte, la montura dorada de la auxiliar de biblioteca llevaba restos de pintura morada. De repente, la anciana enjuta que sostenía el ejemplar de *Agua pesada*, cayó de lado, dejando que un último adiós saliera de sus labios entrecortados. Aquello era un caos, poco a poco fueron cayendo uno a uno, sin vacilaciones, dejando en el ambiente un vaho púrpura que los condenaba para siempre. Minutos antes, el inspector Piedrabuena se había atrevido a tomar un té con unas pastas que se había preparado para después de la tertulia. Ahora quedaba su rostro morado postrado en una de las vitrinas de la biblioteca, metiendo su alargada nariz en un ejemplar del *Lazarillo de Tormes*, para posteriormente rodar por los suelos llevándose consigo todos los ejemplares de la estantería, incluso el mismo mueble. Era la debacle.

En ese mismo instante, a lo lejos, la bibliotecaria pudo vislumbrar en su último aliento cómo entraba la escritora afamada Tatyana Yurkevich en la biblioteca para darle cuerda a las agujas del reloj mientras las untaba de un nocivo líquido color púrpura, y murmuraba algo así:

—Mmm... nunca me gustaron las malas críticas... ¡Leed, malditos, leed!

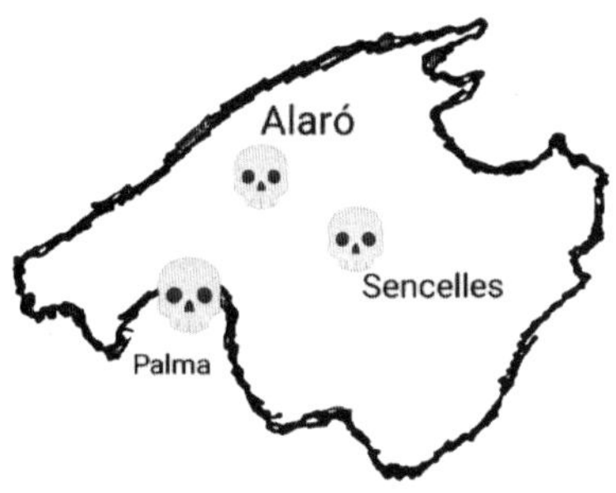

Obri sa porta

De Maribel Racedo Hernández

Eran gritos lo que la perseguían, gritos diabólicos. No, no podían ser monjes, aunque vistieran igual. María Antonia corría, su respiración era escasa ¿Qué era lo que abría esa llave? La llave que encontró en el horno crematorio del cementerio de Sencelles. Estaban a punto de alcanzarla. Un quejido se escuchó como eco desgarrador en el castillo de Alaró, esa noche fría del año 1858.

Actualidad

El teléfono sonó de madrugada, cuando apenas asomaban los primeros rayos de sol de uno de los veranos más calurosos en Mallorca. Joan Jover se limpió el sudor de la frente con una servilleta de papel y atendió la llamada. Era el inspector jefe citándolo de inmediato en su despacho.

Se vistió a duras penas con una camisa blanca, que arremangó hasta el antebrazo y un pantalón de pinza negro. Odiaba tener que trabajar en verano, a los pocos minutos el pantalón estaría humedecido y se le pegaría en la entrepierna, produciendo un escozor molesto en sus genitales.

Llegó a la comandancia de la guardia civil, saludó con desgano en la recepción, fue directo a las oficinas de *SECRIM* que se ubicaban en el sótano y caminó hasta el despacho de su jefe.

Jaume Bibiloni, un hombre de cuerpo voluminoso, voz ronca y respiración dificultosa debido al consumo de tabaco negro, le esperaba sentado en su escritorio. Tenía esparcidas sobre la mesa varias carpetas en completo desorden, algo que le molestaba de sobremanera a Joan Jover, ya que era un maniático del orden. Para él, eso era la clave de su trabajo como investigador forense y lo que le hacía uno de los mejores de la isla.

Su jefe le había citado por un caso particular. Un grupo de senderistas que subía por el camino al castillo de Alaró, había encontrado un cadáver.

—Por la poca información que he recibido de los compañeros, parece una broma de algún niñato —comentó Jaume mientras iba masticando un trozo de bocadillo dejando caer las migas encima de los expedientes de su escritorio.

—¿Por qué? —preguntó Joan Jover intentando disimular la repugnancia que le provocaba verlo.

—Por lo que es. Algún gracioso habrá pensado que es divertido profanar tumbas.

—¿Qué?

Jaume lanzó una carpeta al extremo delantero de la mesa donde Joan Jover permanecía de pie. La abrió y dentro había unas fotografías. En una de ellas podía verse, enganchado a uno de los árboles del camino, un cuerpo. Los primeros indicios señalaban que se trataba de una mujer y por lo que pudieron apreciar a simple vista los agentes que fueron a realizar el levantamiento del cadáver, era que parecía estar embalsamado.

—¿Una momia? Debe ser una broma —dijo Joan Jover incrédulo.

—No lo sé, Miquel está en ello. El cuerpo ya está en el instituto de medicina legal. Necesito que vayas hasta allí, ayudes a Miquel y descubras de qué se trata. Por otra parte quiero que pidas colaboración a la Policía nacional para que envíe algún agente, si es que hay alguno disponible, a revisar los cementerios para saber de dónde coño ha salido. —Dio un trago largo a una lata de coca cola y comentó con la boca llena—. Lo único que necesitábamos, una gilipollez como esta en medio de los ingleses borrachos. Lo que le faltaba a Mallorca era que salieran los muertos de sus tumbas.

Joan Jover se dispuso a marchar, asqueado, cuando el inspector jefe exclamó:

—¡Total discreción!, no quiero que los medios de comunicación lo sepan. Ya mandé a eliminar un video que los senderistas estaban por hacer viral —concluyó completamente irritado.

El cuarto frío estaba en silencio cuando entró. Caminó entre las camillas cubiertas por sábanas blancas, buscando el número de expediente en las carpetas metálicas que había colgadas a los pies de los cadáveres. Cuando localizó el que buscaba, se detuvo. Miró el relieve bajo la sábana y comenzó a deslizarla con cuidado.

—No lo hagas —susurró una voz a su espalda.

Joan Jover dio un brinco y se giró sobresaltado. El médico forense estaba detrás de él riendo a carcajadas.

—¡Serás capullo! —exclamó intentando recuperar la calma.

—Ay compañero, mi trabajo es muy aburrido, de vez en cuando hay que divertirse —dijo Miquel mientras se secaba las lágrimas.

—Pero no a mi costa, subnormal.

—Vale, no te enfades. Vamos a ver qué tenemos aquí...

Miquel quitó la sábana con un solo movimiento dejando al descubierto el cuerpo de la mujer. Llevaba un vestido rojo largo hasta los tobillos de falda acampanada, detalles de encaje blanco en la cintura, los puños y el cuello alto. El aspecto correspondía a una momificación. Por el estado, podría ser de no menos de un siglo atrás. Tenía la piel chamuscada aparentemente por el tiempo a la intemperie, los ojos estaban cerrados y sobresalía un pequeño relieve en los párpados como si aún conservara el globo ocular. Las uñas de las manos estaban más largas de lo habitual al igual que el cabello castaño enganchado de a trozos en el cuero cabelludo.

—Estos capullos de los rescatistas seguro que la movieron sin cuidado —se quejó Miquel enseñándole algún que otro hueso roto—. ¿Ves el color?, ¿esa diferencia de matices? —preguntó a Joan mientras le enseñaba otras partes para comparar—. Esto ha sido reciente. No es la primera vez que destrozan un cuerpo y tengo que arreglarlo —añadió molesto moviendo uno de los brazos del cadáver—. Hola, agente —dijo con voz aguda simulando un saludo.

—Venga, hoy no estoy para bromas.

—Ya veo, ya veo... —Miquel apoyó la mano y se giró a coger unas tijeras—. ¿Para cuándo unas birras?

—No lo sé... —respondió Joan Jover malhumorado.

—¿Te volvió a clavar el visto? —preguntó Miquel al ver que su amigo no había pasado buena noche.

—Sí.

—Bueno, Joan, ya es hora de buscarte otra, ¿no te parece?

—Déjame, venga.

Continuaron en silencio. Movieron la camilla hacia la sala de autopsias, acomodaron el cuerpo sobre la mesa quirúrgica y comenzaron a desvestirla. Miquel iba guardando las prendas en una bolsa de plástico con cierre hermético mientras Joan Jover tomaba las fotografías. Sacaron muestras de piel que Miquel iba guardando en tubos y escribiendo el número de expediente en la superficie con rotulador negro. Luego, Miquel tomó muestras del cabello, tierra de las uñas y por último pasó un hisopo mojado por la comisura de los labios que metió en un tubo de muestra para su posterior análisis. Pidió ayuda a Joan para poder abrir la mandíbula del cadáver para tomar la impresión de la boca. Tuvieron que tirar con fuerza para lados contrarios hasta que cesó haciendo un crujido hueco. Una vez abierto, Joan Jover comenzó a sacar fotos a la cavidad bucal. Se detuvo al notar algo extraño en una de las fotografías. Llamó a Miquel que estaba en una de las esquinas de la sala colocando en el portaobjeto un poco de la tierra encontrada en las uñas de la mujer. Este se acercó, observó la foto y con la ayuda de una pequeña linterna iluminó el interior de la nariz. Efectivamente, como mostraba la imagen, algo brillaba en el interior. Cogió unas pinzas de la mesa de muestra y comenzó a escarbar. Entre el tabique nasal y el interior del cráneo había algo. Intentó sacarlo pero le resultó imposible.

—Hay que abrir el cráneo —comentó Miquel.

Fue en busca de una perforadora y metió un cabezal suficientemente grande para poder sacar el objeto sin tener que abrir a la mitad la cabeza, era lo último que solía hacer en sus autopsias. El ruido de la máquina perforadora hizo eco en la sala. Sacó el trozo de hueso extirpado y lo colocó en una bandeja metálica. Volvió a meter la pinza, pero esta no le permitía agarrar bien lo que había dentro.

Desistió de utilizarla y metió el dedo índice y el medio dentro del orificio. Cuando consiguió agarrarlo lo sacó y ambos lo observaron boquiabiertos.

—Qué putas, ¿cómo coño fue a parar esto aquí? —dijo Miquel mientras miraba el objeto. Lo sopló en un acto espontáneo y se esparció un polvo oscuro por el aire.

—No me jodas... ¿una llave? —expresó Joan Jover completamente desconcertado.

Miquel se miró los dedos y estos estaban cubiertos por el mismo polvo que cubría la llave. Caminó decidido hasta el microscopio, apoyó la llave en un portaobjetos y con la ayuda de un hisopo dejó caer un poco de aquel polvo sobre el cristal. Lo colocó debajo del objetivo y observó por el ocular.

—Joan, tienes que ver esto —dijo sin quitar el ojo del mirador.

Joan Jover se acercó dejando la cámara a un lateral de la mesa. Se agachó, observó por unos segundos y se incorporó confuso.

—¿Qué? ¿Cenizas?

Miquel asintió asombrado. Luego fue hasta la camilla, iluminó con su linterna el interior del cráneo y comentó enérgico:

—¡Y hay más!

Joan Jover se acercó a corroborarlo. Efectivamente el cráneo estaba lleno de cenizas. Prosiguieron con la llave. El tamaño no era normal, lo duplicaba, lo que hacía más inexplicable como había llegado dentro. Miquel inspeccionó una y otra vez la cabeza y no había rastros de algún tipo de incisión o cirugía. Se detuvieron a estudiar los detalles de esta. Luego de rasgar el metal confirmaron que era de oro macizo. Tenía unos dibujos en la medalla y unas letras minúsculas talladas en la superficie. Tuvieron que mirar con la lupa para conseguir leer lo que estaba inscripto debido al tamaño minúsculo de las letras.

—«*saxum hic iacet, indomitus dolor*»[1] —leyeron ambos en voz alta.

Un ruido los alarmó. Se giraron y miraron hacía la camilla dónde estaba el cadáver. Algo se había caído al suelo. Ambos se miraron extrañados. Joan Jover se acercó despacio y se agachó para ver qué era. Lo cogió azorado. Era una cruz de madera de color morado con una cuerda de cuero negro. Alzó la vista para compartir ese hallazgo con Miquel cuando vio como el cadáver comenzó a deslizarse de la camilla y caer encima de él. Lo sostuvo con la mano que tenía libre y cuando iba a gritar, la mandíbula del cadáver se comenzó a abrir y de esta salieron unos gusanos que cayeron dentro de la boca de Joan. Lanzó el cuerpo a un lado y empezó a escupir y a sacudirse nervioso. Miquel corrió a socorrerlo. Lo ayudó a incorporarse y se quedaron estupefactos observando el cadáver.

—¿Qué mierda ha pasado, Joan? —preguntó Miquel abrumado.

—Yo qué sé. Qué mal rollo —respondió sacudiéndose la ropa.

—Bueno, se habrá movido cuando le abrí la cabeza —intentó justificar Miquel en tono de broma y caminó hasta el cuerpo para colocarlo en su lugar—. Demasiado poco me pagan por estos sustos. —Rio—. Se habrá enfadado porque le partí la cabeza, así son las mujeres —concluyó con una sonrisa nerviosa mientras levantaba el cuerpo del suelo y lo volvía a colocar en la camilla.

Joan Jover observó la cruz morada que sostenía en la mano temblorosa y la colocó en una bolsa.

—Qué mal rollo —repitió en voz baja.

---

[1] «Aquí yace el dolor indómito»

—¿Estás bien? —le preguntó Miquel al ver que su amigo estaba pálido.

—Sí, sí, pero, ¿por qué tenía gusanos?

—No lo sé. Mandaré a analizarlos. Tú límpiate la boca con alcohol, está allí —dijo señalando el lateral del escritorio mientras metía los gusanos vivos en un frasco.

—Cuando tomaste la impresión de la dentadura, esos gusanos no estaban allí —repuso Joan desconcertado.

—Lo habremos pasado por alto, no te comas la cabeza, tío.

Se despidió del médico pasándose una servilleta por la boca. Miguel se quedó mirando la puerta y cuando esta se cerró, un escalofrío le recorrió el cuello. Miró a la mujer y preguntó:

—¿Quién eres?

Entre el siglo XV y XVIII se había dado un fenómeno de «caza de brujas» en Mallorca. Cualquier persona capaz de curar un resfriado, arreglar una pierna rota con hierbas naturales o conseguir calmar el empacho, era bruja. Incluso quién tenía una ideología diferente o se rebelaba a las autoridades de la época. Ese poder se les atribuía normalmente a las mujeres. Eran catalogadas de víctimas del demonio y condenadas a la hoguera. Los médicos más influyentes en Mallorca fueron los encargados de divulgar el bulo por los pueblos y más adelante en la ciudad de Palma. Su trabajo se veía amenazado desde hacía siglos por estas «fetilleres o bruixes» y por lo tanto sus ingresos. Las víctimas solían ser mujeres de bajos recursos que vivían en una pobreza extrema y con su ademán por ganar algo de dinero «inventaban» historias sobre conexiones astrales o curas a través de pócimas malolientes o brebajes mágicos. Éstas eran perseguidas y condenadas sin juicio a la hoguera o en algunos casos colgadas en las plazas principales de los pueblos para así infligir miedo a los habitantes.

Joan Jover pensó que era posible que aquella mujer de la morgue fuera una de las bruixes asesinadas en la época cuando leyó el resultado del informe. Se podía estimar que el cuerpo pertenecía al siglo XVIII y que la edad de la mujer rondaba los veinticinco, treinta años. Externamente el cuerpo correspondía al estado de momificación, pero después de terminar la autopsia, dentro, sus órganos estaban convertidos en cenizas. Algo completamente imposible. Según los resultados de las analíticas no había rastro de ningún químico utilizado para tal tarea, ni el tejido extraído contenía alguna prueba de haber permanecido herméticamente cerrado, ni de haber estado sometido a un calor extremo. Las pruebas apuntaban a una momificación natural y una incineración interna, pero sin intervención de ningún químico. Eso aún hacía el caso más extraño. La piel tenía un desgaste natural acorde con la edad del cuerpo y el posible tiempo a la intemperie, después de analizar los restos de suciedad que contenían las uñas y que databan de varias décadas atrás. Tampoco había signos de cirugía o fractura, salvo las ocasionadas por el traslado del cadáver, y, por lo que Miquel apreció, tampoco había señal de alguna enfermedad o fallo cardiovascular o respiratorio por el buen estado de los huesos. No obstante, la causa del óbito seguía siendo un misterio.

Los gusanos que salieron de su boca eran de restos de una rata que al parecer se había metido en la boca de la joven unas semanas atrás.

La llave, al parecer, era de un armario. No tenía ninguna huella dactilar, al igual que la cruz morada que Joan recogió del suelo cuando el cadáver cayó encima de él. No aportaba datos sobre cómo había llegado a estar dentro del cráneo, pero barajaban la teoría de una posible tortura practicada en el siglo XV de introducir objetos por la cavidad nasal hasta atravesar el cerebro. Y esa podría ser la única causa posible de la muerte, aunque improbable, ya que por el tamaño de la llave, el tejido nasal y el hueso no presentaban signos de haber sido forzados, perforados o rotos.

Apartó la vista del informe cuando entraron dos agentes a su oficina. Habían recorrido todos los cementerios de Mallorca, hablado con los cuidadores y no había denuncia, ni pruebas de profanación de alguna tumba.

Joan sentía que a medida que iba avanzando parecía que se metía en un callejón sin salida. Se puso de pie pensativo, se volvió a mirar su escritorio, cogió la carpeta del expediente y se marchó sin decir palabra dejando a los dos agentes de pie esperando alguna orden.

La noche llegó húmeda y sofocante. Joan Jover encendió el aire acondicionado a los segundos de entrar en el salón de su ático. Era un apartamento a unas pocas calles de la comandancia, tenía lo suficiente para él; una habitación y una terraza para tomar alguna que otra cerveza luego del trabajo. Lo malo era el insufrible calor que hacía dentro en verano. Recordó el clima espectacular que hacía en el sótano del periódico horas antes y sintió deseos de volver solo a dormir allí. Su cabeza no paraba de dar vueltas en busca de una respuesta. Nada tenía sentido. Envió mensajes a todo conocido en la isla haciendo preguntas y nadie tenía conocimiento de la llave, del armario, ni de la chica. Estuvo horas frente a su ordenador verificando las actas de defunción de la época y mirando anuncios de venta de muebles antiguos. Se comunicó con anticuarios y hasta fue a visitar los más cercanos y no habían visto una llave similar antes.

Estaba agotado e irritado. Pensó en Jaume Bibiloni y su ocurrencia de entregarle este caso. Encendió la televisión y puso IB3, como era habitual mientras se preparaba algo de cena. Encendió la hornalla, colocó la sartén y puso dos filetes que tenía en la nevera. Se detuvo al escuchar la noticia. El video de los senderistas se había filtrado a la prensa.

—*Increïble troballa d'un cos a la muntanya d'Alaró. Els turistes asseguren que les forces de seguretat van voler esborrar el video*[2] —decía el titular y salían imágenes de la zona donde se había localizado y poco después los senderistas, que se trataba de un grupo de turistas alemanes, hablando de lo sucedido.

—Me cago en la puta —dijo en voz alta.

Al día siguiente seguramente debía lidiar con el mal humor del inspector. Seguramente le echaría la culpa y debería darle explicaciones e inclusive entregarle el móvil para que confirmase que no había sido él. Pero de igual manera sería su culpa por no haber hecho nada al respecto. Estaba acostumbrado a eso. Un olor a quemado se asentó en el piso. Joan volvió a toda prisa a la cocina. Apagó la hornalla y con un repasador comenzó a apagar el fuego de la sartén. Lanzó ofuscado todo al fregadero, maldiciendo, y llamó al servicio de comidas.

El teléfono no daba tono de llamada. Miró la pantalla del móvil y efectivamente había marcado. Volvió a acercar el teléfono a su oído y escuchó una voz susurrar.

—*Obri sa porta, Joan, obri sa porta...*

Confundido apartó el móvil y en la pantalla vio que aún no había conexión. Apretó el botón del altavoz y acercó su oído otra vez. Se

---

[2] Increíble hallazgo de un cuerpo en la montaña de Alaró. Los turistas aseguran que las fuerzas de seguridad quisieron borrar el video.

sobresaltó al escuchar una voz enérgica al otro lado de la línea dando la bienvenida al servicio de comidas. Hizo el pedido y preguntó por el tiempo de espera. Cuarenta y cinco minutos, le pareció una espera exagerada, pero no le quedaba otra opción y tenía hambre. Cortó la llamada e inmediatamente volvió a escuchar al lado de su oído:

—*Obri sa porta, Joan, obri sa porta...*

Giró sobre sí dando varias vueltas buscando de dónde provenía la voz y nada. Un ruido procedente de fuera lo alarmó. No era normal que alguien estuviera en el rellano, era el único que vivía en esa planta y no solía tener visitas inesperadas. Miró su reloj y marcaban las veintidós horas. ¿Quién podría ser?, se preguntó. Recorrió el pasillo que comunicaba con el recibidor y se acercó a la puerta. Apoyó un ojo en la mirilla y no vio a nadie. Se alejó y escuchó nuevamente un ruido exterior. Volvió a apoyar el ojo en la mirilla y vio una sombra desaparecer por las escaleras que comunicaban a la azotea.

—Pero, qué ... —exclamó y abrió la puerta.

Comenzó a subir rápido mientras preguntaba en voz alta:

—¿Quién anda ahí?

No obtuvo respuesta. Siguió subiendo los peldaños hasta llegar a la puerta de acceso de la azotea. No había nadie. Acercó su mano a la manija y lo movió hacia abajo. Estaba cerrada con llave. Atribuyó todo al estresante día que había tenido y bajó exhausto las escaleras. Alzó la vista al escuchar un murmullo delante de él. El rostro desfigurado de una mujer apareció frente a él y comenzó a acercarse. Joan lanzó un grito y cayó sentado sobre la escalera. La mujer iba acercándose como si levitara. Llevaba un vestido rojo similar al que portaba el cadáver, pero no era la mujer de la morgue. Joan Jover comenzó a arrastrarse peldaños arriba desesperado. Consiguió incorporarse y correr hasta la puerta de la azotea. Hurgó en los bolsillos de su pantalón buscando las llaves, pero recordó que las había dejado en la casa. Se giró a mirar las escaleras y la mujer había desaparecido. Un sonido roto, como si algo hiciera eco, resonó en su espalda. Se giró rápidamente y la vio. El rostro era maquiavélico, tenía un enorme agujero en el centro de la cara de color negro y los bordes de la piel que lo rodeaba estaban ensangrentados. Joan Jover patinó en el escalón y cayó dando tumbos por la escalera hasta chocar con la puerta de su piso. Perdió el conocimiento por unos segundos. Abrió los ojos y todo era borroso, los cerró y volvió a abrir intentando recuperar la visibilidad y cada vez que lo hacía veía la sombra de la mujer acercarse. La imagen se iba haciendo más nítida a medida que recuperaba la vista. Se arrastró hasta quedar con la espalda apoyada en la pared al verla nuevamente frente a él. Del orificio ensangrentado del rostro de la mujer salió un chillido agudo y ensordecedor. Joan se tapó los oídos y apretó los ojos con fuerza. El chillido se pausó. Abrió despacio los ojos y no vio a nadie. Miró a su alrededor, estaba solo en el rellano. Quiso incorporarse cuando volvió a escuchar ese sonido otra vez, ahora encima de su cabeza. Abrió los ojos de par en par al levantar la vista y verla encima de él, flotando en el aire. El ente sujetó la cara de Joan con las manos negras y puntiagudas y del orificio comenzó a caer un líquido oscuro y viscoso. Joan Jover sintió como entraba en su garganta y cubría su tráquea. Bajaba lento y el ardor era insoportable. El calor iba ocupando todo su cuerpo como si lo estuvieran quemando vivo. No podía gritar, no podía moverse.

—*Obri sa porta* —escuchó a lo lejos, como un eco retumbando en la Tramuntana.

Se levantó de un solo movimiento del sofá, completamente sudado. El timbre del portero no paraba de sonar. Observó a su alrededor. Estaba en el salón de su piso. Debió quedarse dormido, pensó, mientras intentaba recuperarse de aquel mal sueño. Hacía un calor asfixiante. Cogió el mando del aire acondicionado y le dio un par de veces, se había estropeado otra vez. El timbre del portero seguía sonando de fondo. Caminó hasta el recibidor y descolgó el telefonillo. Era la comida. Desorientado buscó su billetera para pagar y abrió la puerta mientras esperaba la llegada del repartidor. Quiso mirar la hora en su reloj de pulsera y no lo tenía. Tanteó sus bolsillos y nada. Pensó que se lo debió sacar en algún momento, pero no era habitual. Era un regalo de su abuelo de hacía veinte años y solo se lo había quitado para cambiar las pilas o arreglarlo. El repartidor salió del ascensor con una pizza entre sus manos.

—Buenas noches —dijo el muchacho.

Joan no le respondió. El chico apestaba a sudor y tenía aspecto de vagabundo. Le pagó sin siquiera mirarlo. Cuando iba a cerrar la puerta notó que algo brillaba escaleras arriba. Dejó la pizza en el mueble del recibidor y subió a comprobar qué era. Un escalofrío le recorrió el cuerpo al verlo. Era su reloj.

La central era un caos, algo habitual en verano. Joan Jover recordó la acertada decisión de estudiar para acceder al servicio de criminalística de la guardia civil, algo que agradecía en esas fechas; alejarse de las calles, los problemas y no tener que lidiar con borrachos. Entró a su despacho, dejó el café sobre la mesa y se secó el sudor que traía de la calle. El clima era perfecto dentro. Se sentó en la silla y apoyó la cabeza en el respaldo. No pudo dormir en toda la noche dando vueltas al caso y a ese sueño extraño que había tenido. Supuso que aquella mujer de la pesadilla era un resto diurno del día anterior y el misterio del cuerpo. Tomó aire e impulsó la silla hacia el escritorio. Sobre la mesa había un sobre marrón. En el margen tenía escrito «Informe anticuario».

Abrió el sobre, dentro había una lista de monasterios en la isla. Según lo que habían conseguido sus compañeros la llave pertenecía, al parecer, a uno de los diez armarios exclusivos que la familia Isern, hizo para varios monasterios en la isla. Según constaba en la hoja, habían podido localizar al menos tres de ellos. Los archivos de este mobiliario desaparecieron después del fallecimiento de Antonio Isern en 1942. Se levantó de la silla, abrió el archivero y sacó la caja del expediente. Buscó el sobre que contenía la llave que sacaron del cráneo del cadáver. Cuando iba a cerrar se quedó dubitativo observando el otro sobre que estaba al lado de este. Sin titubear más lo cogió, agarró el café y se marchó dando pequeños sorbos al vaso.

El monasterio de Santa Teresa de Jesús era uno de los que figuraban en la lista. Caminaba hacia allí pensando qué sentido tenía esa llave y si podría aportar algo de claridad al caso. Sentía que iba dando tumbos, perdido entre la curiosidad, el espanto y las ganas de saber más sobre la identidad de esa mujer. Sus teorías perdían fundamento al pensar que la supuesta bruja había podido ser una monja de clausura. Cada vez que creía ver una luz, las pruebas daban un giro inesperado. El cuerpo había sido incinerado por dentro, portaba vestimenta de moda de la época, según el informe del sastre, y no de cualquiera, la tela era de alta costura, nada tenía sentido y menos aquella llave. ¿Qué tenía que ver esa llave con una mujer refinada de mediados del siglo XVIII?

Una joven novicia fue quien acompañó al agente por los pasillos interiores del convento. Joan tuvo que esperar una hora a que las Carmelitas descalzas fueran a desayunar al refectorio, ya que su vida de clausura no le permite cruzarse con hombres ni mujeres fuera de la congregación. Nunca había tenido la oportunidad de entrar en el interior de aquel lugar. Estaba fascinado. Era como estar en un mundo paralelo, como si se hubiera trasladado de las ramblas al cielo.

El armario fabricado por la familia Isern se conservaba intacto al lateral de la sala capitular. La joven novicia lo hizo pasar. Joan Jover caminó despacio hacia el armario. Sus acabados, los dibujos en las puertas, el material con el que había sido fabricado, era una obra maestra. No había visto nada parecido en su vida a pesar que su padre, ya fallecido, era un amante de las antigüedades y solía llevarlo por cada rincón de la isla a visitar lugares históricos. Pero, claro, nunca hubieran podido acceder a un lugar así, cerrado completamente al público. La joven hizo un carraspeo como anunciando que se acababa el tiempo, a lo que Joan Jover rebuscó nervioso la llave en su mochila. La introdujo y nada. No abría. La joven comentó que ellos sí tenían una llave, pero que no se parecía en nada a aquella. Cuando se la enseñó se dio cuenta que los dibujos de la medalla eran muy diferentes y no había ninguna inscripción. La joven le comentó que según había escuchado, aquellos armarios tenían un diseño diferente de llave cada uno, así como de aspecto. Eso aportaba aún más exclusividad al mobiliario y evitaba posibles fraudes de la competencia que comenzaba a ser más desleal después de mediados del siglo XVIII y a raíz del fallecimiento del mayor de los hijos de la familia Isern.

Joan aprovechó el momento y sacó la cruz morada del sobre.

—¿La reconoce? —preguntó a la novicia.

Ésta miró con detenimiento la cruz y negó con la cabeza. Joan sacó del sobre una fotografía de la cruz y se la entregó.

—Podría enseñársela a la madre superiora, quizás ella sepa si pertenece o ha pertenecido a alguien de la congregación —dijo mirando fijamente a la muchacha. Ella agarró la fotografía y asintió tímida bajando la vista al suelo.

Pasó el día visitando los otros dos monasterios de la lista sin éxito. El Santuario de Puig de María y la Ermita de Betlem. En todos entregó una fotografía de la llave y de la cruz, pero de las tres visitas no sacó nada en concreto. Pidió una orden especial para solicitar el listado de las monjas de clausura entre 1830 y 1860. Quizás allí podría estar la respuesta. Pero eso demoraría varios días en conseguir todos los trámites y permisos que requería.

El resto de la semana se la pasó visitando el resto de los monasterios y santuarios de la isla. Pudo localizar cinco en total de los diez armarios exclusivos. Pero ninguno se abría con la llave ni tenía parecido con la suya. Supo de otros tres que habían sido destruidos cuando demolieron la mayor parte de los edificios religiosos entre el siglo xix y xx. La búsqueda se había estrechado, pero le resultaba imposible dar con esos dos restantes. Y si, además, esa llave pertenecía a alguno de los derruidos, el camino que estaba haciendo iba a ser en vano y esas tres semanas una pérdida de tiempo. Pero no tenía más remedio que seguir investigando.

El cadáver seguía guardado en la morgue y no figuraban datos de desapariciones de esa época y la lista de defunciones no aportaba claridad alguna. Sentía enloquecer y hasta pensó que posiblemente debería archivar el caso, algo que el inspector ya le había pedido, pero él se había negado.

—Dos semanas más y se acabó —le advirtió Jaume Bibiloni cabreado días atrás.

Las palabras del inspector le retumbaban en la cabeza. Se sentó en su despacho intentando dar respiro a su cabeza cuando recibió una llamada a su móvil personal de un número oculto.

—Hola —contestó

Un silencio invadió la línea.

—¿Quién habla? —preguntó buscando respuesta

Al momento la comunicación se cortó.

—*Obri sa porta* —le susurraron al oído. Se giró turbado y no vio nada. Por un momento temió estar de nuevo en una pesadilla. Esa voz una y otra vez. ¿Qué le estaba sucediendo? Se preguntó. Dos golpes en la puerta de su despacho le devolvieron a la realidad.

—Adelante —dijo en voz alta.

No entró nadie. Volvió a centrarse en el expediente y a teclear en el ordenador un correo electrónico dirigido a un familiar lejano de Antonio Isern buscando algo de claridad. Los golpes en la puerta volvieron a sonar.

—¡Adelante! —gritó ofuscado.

La puerta seguía sin abrirse. Se levantó de la silla, caminó irritado hacia la puerta y la abrió con violencia. Detrás no había nadie. La cerró nuevamente desconcertado. Volteó hacia su escritorio y se encontró de frente con el rostro desfigurado de la mujer. Se quedó paralizado. Ella se acercó hasta su oído y susurró:

—*Obri sa porta...*

La voz salía en forma de eco del orificio que tenía en su rostro, como si de una cueva se tratase. Inmediatamente se volvieron a escuchar golpes en la puerta. Su corazón latía de prisa. En un acto reflejo giró la cabeza y cuando volvió la mirada hacia su escritorio la mujer no estaba. Los toques en la puerta se volvieron insistentes. Dudó si era buena idea abrirla. Giró la manija despacio y se fue asomando lentamente. Se sobresaltó al ver a un hombre al otro lado.

—¿Agente Joan Jover? —preguntó.

Joan Jover asintió con la cabeza.

—Soy Xavier Marquès Isern, me dijeron que me andaba buscando.

Aún más sorprendido, volteó a ver su ordenador. No había llegado a enviar el correo. Sacudió la cabeza, confuso, y lo hizo pasar.

Xavier Marquès Isern era sobrino bisnieto de Antonio Isern. Por desacuerdos en la familia, su madre se alejó y se mudaron a vivir a Valencia hasta que ella enfermó y decidieron volver a la casa que heredó de sus padres, para morir en su tierra. Así fue. Años atrás su madre falleció después de una larga lucha contra el cáncer. Xavier se había mudado a la casa cuando ella enfermó, después del fallecimiento de su padre. Ahora vivía, junto a su mujer y uno de sus hijos, en la casa familiar. Cuando le hablaron del mobiliario exclusivo que había fabricado su tío abuelo para algunos de los monasterios de la isla, le vinieron recuerdos, cosas que su madre solía contarles.

—No hablo con ninguno de mis primos —comentó apenado, introduciéndose en la historia—. La guerra entre la familia fue larga e intensa y que mi madre se haya rebelado contra sus padres hizo que la despreciaran. Aun así, con todo ese dolor, ella me contaba orgullosa las anécdotas sobre los mayores ebanistas de la historia de Mallorca.

Joan Jover apoyó la llave en el escritorio al notar que aquel hombre iba a dar demasiados rodeos.

—¿La reconoce? —preguntó llevado por la impaciencia.

—No —contestó Xavier Marquès Isern—. Aunque sí, mi madre me contó algo de esos armarios. Fue detonante de un conflicto familiar cuando se enteraron del verdadero motivo.

—¿Cuál fue? —indagó interesado.

—Ocultar una infidelidad.

En 1840 el que era alcalde de Palma en ese entonces, le hizo el pedido de estos armarios bajo secreto de confidencialidad. Mandó fabricar diez y estos fueron repartidos en diferentes centros religiosos, los motivos siempre fueron confusos y a la familia no le gustaba hablar del asunto, según le había contado su madre. Pero uno de ellos tuvo otro destino.

—Supongo, que, en parte, quería calmar su culpa, pedir perdón a Dios de esa manera —supuso Xavier Marquès Isern buscando un sentido a todo aquello.

Antonio Isern, gran amigo del alcalde, fabricó los armarios en un tiempo récord. Parecía que tenía prisa por que se terminara. Iba a visitar la casa del ebanista durante el proceso y le daba indicaciones, inclusive llegó a ir acompañado de un sacerdote. Antonio Isern se encargó de la distribución. El otro fue enviado a una dirección que solo conocía su tío abuelo.

—Por lo que pude escuchar a mi madre, la familia sospechaba que el alcalde tenía una amante. Aquella mujer era extraña. Mi madre la llegó a ver en una ocasión cuando ella era muy pequeña. Las malas lenguas hablaban de que era una hechicera y que tenía amarrado al alcalde. Por eso le regaló una casa y envió allí a mi tío abuelo a dejar el armario. —Se quedó en silencio—. Cuando la mujer del alcalde comenzó a sospechar, él, para cubrirse las espaldas, culpó a mi tío. Dijo que él era el infiel y que quería calumniarle porque le exigía que presentara a detalle las ventas y gastos de su empresa. Por supuesto su amistad se perdió para siempre. Mi tío falleció dos años después.

—¿Sabe dónde estaba la casa?

—No. Nadie lo supo, salvo mi tío abuelo y el secreto se lo llevó a la tumba.

Joan Jover cerró la puerta después de despedirse de Xavier Marquès Isern. ¿Acaso el cadáver que estaba en la morgue era de la supuesta amante del alcalde?, se preguntó. ¿Hechicera?, podría coincidir, pero, ¿embalsamarla?, sería tan perverso de mantener a su amante embalsamada. Pero, ¿quién querría sacar esa verdad a la luz ahora? Iba y venía dando vueltas en su despacho. Se sentó en su escritorio y buscó las fotografías de los armarios que había sacado, escribió un correo y las envió como dato adjunto. Xavier Marquès Isern le había mencionado una casa como destino del último mobiliario exclusivo. Si conseguía localizarla era posible que el armario aún estuviera allí. Se metió en la intranet de la guardia civil y buscó en la pestaña de registro. Puso la fecha 1839-1842 y dio a la tecla de buscar. Imprimió la poca información que se había llegado a digitalizar y ordenó a su secretaria que llamara a los registros solicitando el listado de los archivos. Recibió una llamada. Se levantó de la silla sin demora y se marchó.

El monasterio de Santa Teresa de Jesús estaba concurrido. Turistas de diferentes países paseaban por las zonas abiertas al público. Se abrió paso entre ellos y fue directo a la recepción. La joven novicia le estaba esperando. Le pidió que la siguiera hasta la sala contigua donde se recibían las visitas. Lo invitó a pasar y antes de cerrar la puerta se aseguró que nadie los estuviera siguiendo.

—Para qué soy bueno, señorita.

—Dígame, hermana, agente —dijo con voz tímida.

Joan Jover asintió con una sonrisa forzada. Ella movió la silla para estar más cerca y comentó en voz baja:

—Lo que le voy a contar tiene que quedar entre nosotros, que me perdone Dios, pero es muy delicado para ir hablándolo por cualquier lado. Igual puede ser que solo se tratase de un cuento para asustar a las niñas en el convento, pero... Dios sabe que no descansaré tranquila si no se lo cuento. Para ayudarlo, agente, en ese camino —dijo nerviosa.

—¿De qué habla, hermana? Puede ser concreta —interrumpió impaciente.

—Aquí, se cuenta la historia de una hermana poseída —dijo murmurando.

Joan Jover acercó su oído para escucharla mejor.

—La mujer fue trasladada al refugio de Alaró, se dice que en el año 1850, después que el propio alcalde lo pidiera.

—No comprendo. ¿El alcalde podía intervenir en eso?

—Claro. Bien se sabe, y que Dios me perdone por este comentario, que la política y la iglesia estuvieron fuertemente ligadas en aquellas épocas.

—¿Y sabe el nombre, no sé, algún dato?

—No. La madre superiora guarda todo en una caja fuerte. Igual solo es una leyenda. Yo le pedí lo que usted me solicitó, pero ella se negó rotundamente.

—¿Podría hablar con ella? —preguntó Joan Jover sintiendo un hálito de esperanza.

—Imposible. Pero mire. —La joven sacó una cruz color marfil de su bolsillo—. Esto lo encontré escondido en el armario que usted vino a ver la otra vez. Las niñas que eran enviadas al convento para tomar los hábitos, fabricaban estas cruces con madera que ellas mismas tallaban y luego tenían permitido pintarlas del color que quisieran. Actualmente se sigue esta práctica en las niñas más pequeñas del convento, pero lo que me resultó curioso es que ahora hay colores prohibidos. Adivine cuál es uno de ellos.

—Ilumíneme, hermana.

—El morado, agente.

Joan Jover la miró esperando que saliera algo relevante de su boca.

—Sé que parece una locura, que Dios me perdone por confabular. Pero las hermanas del convento, las más mayores, contaban esa leyenda a las pequeñas para asustarlas, amenazándolas con que si no obedecían terminarían poseídas por el demonio. Es posible que a raíz de aquella chica se haya prohibido el color por creerlo «maldito», ¿no cree?

Se quedó en silencio mirando fijamente a la muchacha. Ella comenzó a sonrojarse notablemente, agachó la mirada y se santiguó nerviosa.

—Ellas decían —prosiguió sin levantar la cabeza— que una joven novicia un día se apartó del grupo cuando fueron a hacer voluntariado en otro convento y cuando regresó nunca fue la de antes. Así mantenían a las niñas a raya por miedo a que les sucediera lo mismo. No es mucho, agente, espero que sirva de algo —dijo sin apartar la vista del suelo.

—Sí, de algo sirve —dijo sarcástico—, pero me interesa más tener los nombres que le pedí a la madre superiora. O le insiste o tendré que venir con una orden de registro y aquí se montará la de Dios es Cristo.

La joven abrió grandes los ojos, como si hubiera escuchado la peor blasfemia del mundo y se levantó de un golpe de la silla. Joan Jover, con calma, se puso de pie, se acomodó la entrepierna del pantalón, que ya le estaba escociendo, en un acto reflejo al que la chica respondió santiguándose otra vez y clavando la vista al suelo.

—Hágame el favor, hermana, y le da ese recado a la madre superiora.

—Por supuesto —respondió sin siquiera levantar la mirada.

Había pasado los últimos tres días visitando casas por la isla, siguiendo el listado que había conseguido de todos los registros de Mallorca. No había recibido noticias de la madre superiora del convento de Santa María de Jesús ni de ningún otro. Comenzaba a cansarse. Al parecer el protocolo para solicitar esos listados era demasiado complicado y el inspector jefe no mostraba interés alguno en meterse en asuntos de la iglesia. Cada vez se sentía más solo frente a este caso e iba perdiendo el interés. Había pasado el mediodía y su estómago comenzaba a rugir desesperado. Tomó la decisión de visitar una última casa antes de cortar para comer.

Bajó del coche y abrió manualmente la reja de entrada de la única casa que aparecía en registro, vendida en esos años, en Sencelles. Subió al coche y se adentró en la finca después de conseguir comunicarse minutos antes con los actuales propietarios. Era una antigua posesión en mal estado, apuntalada y con hierbajos altos por los costados que acompañaban al camino de acceso. Cinco perros ladraban persiguiendo su coche. Aparcó con cuidado y bajó haciendo una señal de alto a los perros rabiosos que seguían ladrando sin descanso. Escuchó un silbido y los animales se callaron automáticamente. Un hombre de mediana edad, desaliñado, con barba de varios días y un pijama avejentado y sucio, se acercó.

—¿Qué quiere? —preguntó malhumorado como si tuviera prisa para que se marchara.

—Busco a doña Maria Antònia Canals.

—Y... ¿por qué o para qué? —cuestionó de mala forma el hombre mientras rompía un palito de paja que tenía en su mano.

—No puedo darle mucha información si no sé qué parentesco tiene usted con ella.

—Soy su hijo.

—Bien. He hablado con su madre y quedamos en que vendría. ¿Podría avisarle que el agente Joan Jover está aquí?

El hombre escupió a un costado y le hizo seña para que le siguiera.

El interior de la casa estaba sumergido en la oscuridad a pesar de estar de día. Acompañó al hombre hasta una de las habitaciones que habían adaptado como sala. Una mujer de avanzada edad estaba sentada en una silla de ruedas mirando *Sálvame* en la televisión. El hombre se acercó y le gritó al oído:

—¡Mamá, la buscan!

La mujer apartó lentamente la vista de la televisión y buscó con la mirada a la visita

—¿Y este quién es? —preguntó a su hijo.

—Un poli, madre, dice que habló con usted.

—En realidad pertenezco a la Guardia Civil —refutó molesto Joan Jover intentando conservar la calma.

—Es lo mismo —le contestó el hombre mientras apagaba la tele.

No quiso entrar en una aclaración innecesaria sobre la diferencia entre la policía y la guardia civil, aunque se moría de ganas y optó por terminar lo más rápido su trabajo para marcharse cuanto antes de allí.

Joan Jover sintió que estaba en un laberinto sin salida después de recibir la llamada de su secretaria al subir al coche. No solo no había ido bien el interrogatorio con la mujer por su avanzada demencia senil, también le acababan de informar que no había familiares vivos del que fue alcalde de Palma, Sebastian Guasp Cirer. Arrancó el coche y se dispuso a marchar perseguido por los ladridos de los perros. Nada tenía sentido. La anciana no sabía nada de su abuela, no sabía nada de un armario, nada del alcalde y ninguna de las mujeres de la familia había pertenecido a la orden de las Carmelitas descalzas, según lo que le logró sonsacar a la anciana.

—«*Obri sa porta*» —escuchó.

La piel se le erizó. Miró por el espejo retrovisor y de la ventana de la última planta de la casa vio una silueta asomarse. Se giró para tener mejor visibilidad y solo vio al hombre que cerraba la reja de entrada observándole amenazante mientras escupía a un lado.

Llevaba unas horas esperando dentro del coche. Había apagado el motor y el calor era asfixiante. Escuchó decir al hijo de Maria Antònia Canals que irían al centro de salud por la tarde, cuando su madre le preguntaba insistentemente si Joan Jover era el médico. Por fin los vio salir en una furgoneta Kangoo color blanco que levantaba el polvo de la calle de tierra que rodeaba la finca. Esperó hasta perder de vista el vehículo y se acercó a pie. Caminó los doscientos metros que separaban la entrada a la casa y los perros salieron furiosos a recibirlo. Los dejó gastar la garganta hasta cansarse y sin esfuerzos abrió la puerta. La casa era más tenebrosa vacía. Un olor a encierro y humedad la cubrían por completo. Fue directo a las escaleras en busca de la habitación donde había visto asomarse aquella silueta. En la primera planta había tres dormitorios con las paredes enmohecidas y con el suelo aún de cemento. Buscó en cada uno de ellos y no había rastros del armario. Aprovechó a revisar cajones, cómodas y nada. Otra vez se sintió impotente.

Salió de la casa con el desesperante acompañamiento de los perros y después de dar unos cuantos pasos volteó. Miró hacia la ventana y contó cuántas plantas tenía la casa. Eran dos. Se dio cuenta de que no había acceso desde la casa al segundo piso. Empujado por un impulso extraño comenzó a rodear la finca. En la parte trasera encontró lo que aparentaba ser una entrada que estaba tapiada con ladrillos. Sabía que sería una locura tirarla abajo. Pero algo le incitaba a hacerlo. Una puerta bloqueada era demasiado sospechosa y más viendo el personal que habitaba esa casa. Pensó en llamar al inspector, pero jamás le daría una orden de allanamiento por una corazonada. Decidido apoyó una mano sobre los ladrillos y estos se movieron. Comprobó que no tenían junta de cemento y comenzó a empujar uno a uno hasta tener un espacio lo suficientemente amplio para entrar. Metió la cabeza y encendió la linterna de su móvil. Una escalera. Comenzó a toser por culpa del polvo que se había levantado al tirar los ladrillos. Un olor nauseabundo penetró sus fosas nasales. Se cubrió la boca y la nariz con la mano y subió. La escalera conducía, después de dar varias vueltas, al campanario. Una puerta de pino, carcomida por las termitas, rechinaba al mismo tiempo que Joan Jover la empujaba para abrirla.

El altillo estaba lleno de trastos antiguos. No había señales de que alguien hubiera entrado allí, por lo menos en meses, al ver el suelo cubierto de polvo. Movió una cortina que tapaba la ventana, donde había visto la silueta, para dar más claridad a la estancia. Fue sorteando los escombros y los muebles y al final de la habitación, cubierto por una tela amplia a medio caer, estaba el armario. Caminó lento cuando sintió el ruido de un coche. Se asomó por la ventana, el campesino y su madre habían regresado. ¿Cómo era posible, si solo habían pasado unos minutos?, se preguntó. Se apresuró a ir hasta el armario. Oyó un quejido agudo en su interior. Sacó la llave del bolsillo y la introdujo.

—*Obri sa porta, Joan, Obri sa porta...*

El susurro se hacía más intenso a medida que giraba la llave. Cuando la cerradura cedió, abrió la puerta despacio.

—¡No puede ser! —exclamó espantado.

Una joven de cabello castaño, vestida de rojo estaba encerrada dentro, encogida en forma fetal con ambos brazos cubriendo su cabeza.

—Señorita —murmuró Joan. Un chillido agudo hizo eco en toda la habitación obligándolo a cubrirse los oídos con las manos.

Los patrulleros de la policía local y la guardia civil rodeaban la casa de Pau Gilbert Canals. El hombre era acompañado a la patrulla por dos policías que le ayudaron a meterse dentro. La ambulancia estaba atendiendo a la madre y a la muchacha que Joan Jover encontró dentro del armario fabricado por la familia Isern.

—Al parecer ese hombre era un psicópata —comentó el inspector Jaume Bibiloni mientras encendía un cigarro.

—¿Cómo está la chica? —preguntó interesado.

—Bien, nos ha comentado que ese hijo de puta la tenía escondida allí desde hace varias semanas, la obligaba a vestirse así y a bailarle. Has hecho un buen trabajo, pero la próxima vez que trabajes solo, te suspendo indefinidamente.

Joan Jover sonrió, siempre le amenazaba con lo mismo. Miró hacia la ambulancia y vio a la joven envuelta en una manta con la máscara de oxígeno en el rostro. Ella cruzó la mirada con él y le regaló una sonrisa dulce y con un brillo de agradecimiento en los ojos.

Acompañó a la chica hasta el hospital y luego a comisaría para tomar declaración. Quizás de esta forma podrían descifrar el patrón de actuación del criminal y qué tendría que ver el cadáver encontrado en Alaró.

La joven se llamaba Maria Antònia Servera. El nombre coincidía con la presunta amante del alcalde de Palma en el año 1842 y bisabuela del presunto raptor. Quizás era el patrón que seguía Pau Gilbert Canals para escoger a su víctima. También se sabía que la chica estaba tomando los hábitos. Quería pertenecer a la orden de las Carmelitas descalzas.

Al parecer Pau Gilbert Canals se había obsesionado con la historia de su bisabuela y decidió repetirla. Lo que aún no cuadraba era que su bisabuela no había pertenecido a la orden de las carmelitas, pero también era cierto que faltaba información, pensaba Joan Jover mientras redactaba el informe.

Los resultados de ADN de las muestras encontradas dentro del armario de la casa de la familia Canals–Gilbert, coincidían con la prenda que llevaba puesta el cadáver encontrado en Alaró. Al parecer la bisabuela de aquel hombre había sido de la orden, aunque aún no habían podido contrastarlo con el listado que solicitó a la madre superiora y que aún no habían entregado, pero Joan Jover se sentía satisfecho.

Los interrogatorios a Pau Gilbert Canals se extenderían debido al pacto de silencio que el hombre hizo, y después de intentar varias veces sonsacar algo de información, Joan Jover le dejó el trabajo a uno de los inspectores y se retiró a su casa. Estaba agotado.

Por primera vez en el último mes, Joan Jover sintió que el tiempo se había refrescado. Como si el sofoco del verano mallorquín hubiese cesado después de resuelto el caso. Destapó una cerveza sentado en una reposera de la terraza de su ático. Se hamacaba en la silla sonriente, feliz.

Percibió una extraña sombra cruzar a su espalda. Cuando detuvo el vaivén de la silla una fuerza extraña le empujó hacia atrás y cayó bruscamente golpeándose la cabeza con la baldosa.

—*Obri sa porta!* —gritaron varias voces que parecían estar dentro de sus tímpanos.

La botella de cerveza reventó contra el suelo y un segundo después se hizo silencio. Abrió los ojos y la vio. La mujer de las pesadillas estaba encima de él. Del orificio de su cabeza salió una garra afilada que comenzó a rasgar su cara. Joan Jover se cubrió con ambos brazos intentando protegerse del ataque violento. Tocaron el timbre del piso y el silencio volvió al instante. Apartó sus brazos lentamente a medida que miraba a su alrededor. Se repuso y cuando iba a impulsarse con las manos para incorporarse tocó algo a su lado. Se llevó la mano al pecho inmediatamente al observar lo que había en el suelo. La cruz morada. No era posible: la había dejado en la oficina con las demás pruebas, pensó.

Se miró los rasguños que le ardían y escocían y esperó despertar de la pesadilla.

—*Obri sa porta* —le susurraron. Al mismo tiempo volvió a sonar el timbre.

—Qué putas —murmuró.

Se levantó adolorido, puso la silla en su sitio y se acercó a la puerta desconcertado y aturdido. Apoyó el ojo en la mirilla e inmediatamente abrió sorprendido por la visita.

—Perdón, agente, me dijo que si recordaba algo le avisara, pero tiene el teléfono apagado, así que me tomé el atrevimiento de venir hasta aquí —comentó tímida la joven Maria Antònia Servera con una acentuada sonrisa en la cara.

Era de noche. Joan Jover corría de prisa, miró sus manos y notó que no eran las suyas, eran de mujer. Entre los dedos tenía una llave. La reconoció al instante. Era la llave del armario de Isern. Llevaba puesto una camisa blanca y una falda negra que llegaba hasta sus tobillos. Podía ver los zapatos de color oscuro que iban asomándose a medida que corría. Una cruz colgaba de su cuello rebotando al ritmo de su paso apresurado. Alzó la vista y miró hacia atrás, cuatro hombres vestidos de monjes lo perseguían. Ellos no caminaban, estaban suspendidos sobre el suelo e iban a una velocidad incomprensible. Un recuerdo se le vino a la cabeza: él escondido detrás de unos arbustos en el cementerio. Todo estaba oscuro. Observó a su alrededor y no había nadie, solo él. Se asomó entre las ramas y del otro lado vio al alcalde caminar acompañado de aquellos hombres que trasladaban un bulto envuelto en una tela blanca sobre un tablón de madera. Estos se dirigían hacia el horno crematorio. Uno de ellos comenzó a meter troncos dentro del compartimento para encender la hoguera. Los otros tres introducían el camastro en el interior. Una mano de mujer se escurrió por debajo de la tela. Quiso gritar al verlo, pero se tapó la boca. Vio que algo caía al suelo. El alcalde observaba el acto a unos metros, inmutable. Encendieron la caldera y cerraron la compuerta. Unos gritos agónicos se escuchaban desde el interior ¡Aún estaba viva! Se tapó los oídos para no escucharlos. Minutos después los chillidos cesaron y uno de los hombres abrió una pequeña rendija para mirar dentro. Hizo un gesto afirmativo al alcalde y se marcharon del lugar. Joan Jover caminó despacio hasta el horno crematorio. Seguía llevando la misma vestimenta, lo notó al mirar hacía sus piernas que temblaban y el pecho de mujer subiendo y bajando agitado. En el suelo encontró tirado el objeto que se había caído minutos antes. Era la llave. Se disponía a marchar cuando escuchó un sonido procedente del interior del horno crematorio. Retrocedió sobre sus pasos. Dos golpes del interior lo sobresaltaron. Abrió la compuerta de observación. Dentro del horno las llamas eran dueñas por completo. Cuando estaba a punto de cerrar un rostro se asomó de golpe. Era una mujer. Tenía un disparo de escopeta que le cubría prácticamente toda la cara envuelta en llamas. Un chillido desgarrador salió de aquel agujero gritando:

—*Obri sa porta!!*

Cayó en el suelo espantado. Se incorporó rápido y desesperado comenzó a correr. De nuevo estaba en el camino. Vio unas antorchas a lo lejos que iluminaban el castillo. Sentía que se quedaba sin aliento. Las piernas le flaqueaban. Volvió a mirar hacia atrás, los hombres habían desaparecido. Se detuvo en seco. Apoyó sus manos en las rodillas para recuperar el aliento y vio la llave. Se la acercó y leyó la inscripción que había grabada en la parte posterior de la medalla. Un ruido entre los arbustos que acompañan el camino lo sobrecogió. Sintió un dolor intenso en su nuca. Pasó su mano por el cuello y cuando la miró estaba manchada de sangre.

Se levantó de golpe de la cama. Estaba sudando. Pasó su mano por el cuello en un acto reflejo. Era increíble, pero aún sentía dolor. Se sentó al borde intentando recuperarse de la pesadilla. Algo rozó su espalda. Dio un brinco y se giró preso del pánico.

—Lo siento, ¿te he asustado? —preguntó la joven Maria Antònia Servera, recostada al otro lado de la cama, desnuda y con la sábana cubriendo parte de su cuerpo.

—No, lo siento, tuve un mal sueño —respondió mientras se frotaba los ojos con ambas manos.

Se había olvidado por completo de que la muchacha había dormido con él. La noche anterior cuando ella vino a visitarlo, terminaron bebiendo unas copas de vino y después se besaron apasionadamente e hicieron varias veces el amor. Para él, la joven era hermosa, algo que no pudo disimular desde el primer momento que la vio y durante los interrogatorios.

Fue hasta el baño, se dio una ducha fría y volvió a la cama. Maria Antònia estaba acostada aún con la mirada fija en el techo. Parecía un ángel, pensó Joan Jover mientras se acercaba con una toalla atada a su cintura. Su cabello castaño, la piel tersa libre de ropa la hacía ver como un lienzo en blanco que él quería pintar con besos. Se acercó despacio y comenzó a pasear sus labios desde la frente de la muchacha hasta la punta de los pies. Le hizo el amor sin pensar en la hora. Joan Jover gozaba de cada caricia, de los gemidos de placer que emanaba la joven por esa boca perfecta y como lo miraba. Hacía tanto tiempo que no había sentido algo tan intenso desde la separación con su mujer siete meses atrás. Podría pasar días, semanas y meses besando ese cuerpo, esas manos y hasta llegó a fantasear con algún día llevarla al altar. Ella parecía corresponderle con la misma intensidad y reía de las ocurrencias que él soltaba enamorado. Así pasaron la semana. Joan Jover había pedido una licencia de vacaciones, necesitaba descansar, y si bien a Jaume Bibiloni no le gustó nada, por primera vez le daba igual.

Paseaban por la isla durante el día y se amaban bajo las sábanas, envueltos de sudor y pasión por las noches. Reían, bebían y terminaban durmiendo abrazados a pesar del calor.

Una mañana le despertó el sonido insistente del timbre de la puerta. Se levantó alterado.

—Ya voy, ya voy —respondió mientras se ponía un bañador y le daba un beso en el hombro a su amada que dormía plácida en la cama.

Abrió la puerta limpiándose las legañas de los ojos y se sorprendió al verlo.

—Me cago en la puta, Joan —se quejó Miquel.

—¿Qué hace aquí? ¿Qué pasa?

—¿Que qué pasa, tío?, hace días que te están buscando. ¿Por qué mierda no coges el puto móvil?

—Le dije al capullo del inspector que me tomaba vacaciones y eso significa que no atenderé el jodido móvil, tío.

—Desapareció el cadáver —le interrumpió Miguel.

—¿Qué?

—Sí. Tenemos retenido al campesino, pero no suelta prenda

—Pero, ¿no estaba preso?

—Que va, no había pruebas.

—¿Qué dices? Sí las había y contundentes.

—Pues no, venga, vístete, te espero abajo, el inspector está cabreadísimo —concluyó Miquel mientras subía al ascensor.

No quiso despertar a la chica. Volvió a besarla despacio a lo que ella respondió estirándose y cambiando de posición en la cama. Se visitó y se marchó sin perder tiempo.

El inspector Jaume Bibiloni no estaba de buen humor, como era de esperarse. Miró con gesto amenazante a Joan Jover al instante de verlo entrar por la puerta de la comisaría. Joan le devolvió una mirada esquiva mientras acompañaba a Miquel a la sala fría.

Miquel le había advertido durante todo el camino que el inspector pensaba tomar represalias. Algo que a Joan le daba igual. Estaba harto de aguantar los malos tratos de su jefe. Para él, sería mejor irse al paro y poder disfrutar de su nueva pareja veinticuatro horas al día. Además llevaba tiempo queriendo tomarse una excedencia. Su trabajo no le emocionaba como antes y menos ahora que le hacía ilusión formar una familia y sabía que si seguía su profesión, sería imposible. Y a pesar de que aún le despertaba curiosidad la desaparición del cadáver, ya no tenía el mismo impulso que antes. Qué más daba si era monja o no, si fue hechicera o camionera.

Cuando llegaron a la sala fría, Miquel comenzó a explicarle los detalles de la desaparición y las pocas pruebas que había encontrado al llegar la mañana siguiente. Al parecer, el ladrón había utilizado la sábana para esconder el cuerpo. Los primeros indicios señalaban que había vestido el cadáver allí mismo antes de llevárselo.

—¿Ves?, aquí están algunos de los restos del cuerpo, piel, tela. Cuando terminé la autopsia dejé todo limpio antes de colocarla de nuevo en la camilla —añadió Miquel.

—No solo eso —interrumpió el inspector que había entrado sigiloso—. Se robaron las prendas y la llave. A no ser que la llave la tengas tú —insinuó con desconfianza dirigiéndose una mirada violenta a Joan Jover.

—No, inspector, las pruebas quedaron en la caja del archivo. Ahí fue donde las dejé antes de irme de vacaciones —respondió intentando conservar la calma.

—Y el informe, Jover, ¿dónde está? —inquirió con enfado.

—Jaume, por favor. Te lo entregué ese mismo día. ¿Qué putas te pasa?

—¿Qué putas? Venga Joan, si no fuera por tu padre yo ya te hubiera enviado a la mi...—Jaume quedó unos segundos en silencio y prosiguió—. Entiendo que seas bueno en lo que haces Joan, pero no puedes dejar una investigación sin concluir, joder. Estoy cansando de que me chulees.

—¿Esto es porque me tomé vacaciones o porque en mi ausencia no supieron cuidar de un muerto?

—¡No me sigas vacilando, gilipollas! —gritó Jaume Bibiloni acercándose a Joan.

Miquel se puso en medio de los dos. Ambos se miraron y desistieron de golpearse a pesar de que llevaban tiempo deseándolo. El teléfono sonó. Jaume le regaló una última mirada de desprecio y se apartó a contestar la llamada.

—Cálmate, Joan, recuerda que es tu jefe, tío —dijo Miquel poniéndose frente a su amigo.

—Me la suda, estoy hasta las narices de ese cabrón —murmuró Joan Jover apretando los puños.

—Ha hablado, vamos —anunció el inspector jefe mientras guardaba el móvil en el bolsillo de su americana.

—¿Quién? —preguntó Joan desconcertado.

—¿Quién va a ser?, el puto payés.

Pau Gilbert Canals estaba sentado en la mesa de interrogatorio. Joan y Jaume lo miraban desde el otro lado del espejo.

—Iré yo —dijo Joan.

El inspector lo detuvo.

—No, tú quédate aquí, no quiero que entorpezcas el interrogatorio.

Joan Jover lo miró con rabia y resopló.

Pau Gilbert Canals respondía las preguntas del inspector mientras miraba el espejo como si supiera que él estaba detrás. Acusaba a Joan Jover de acoso y allanamiento de morada. Quería poner una denuncia en su contra, además de reclamarle dinero por daños y perjuicios. Jaume Bibiloni lo escuchaba intentando persuadirlo, pero el hombre estaba fuera de sí. A los pocos minutos el inspector salió del cuarto de interrogatorios y se quedó observando a Joan Jover con la cara desencajada

—¿Has estado siguiendo a este hombre, Joan?

—¿Qué dices? No.

—¿Lo has escuchado?

—Sí, pero es mentira. No irás a creer a ese loco, ¿no?

Jaume Bibiloni se mantuvo en silencio mientras miraba con incertidumbre al hijo del que fue su mejor amigo y compañero durante cuarenta años, sin dar crédito a lo que había escuchado del payés. Dio orden a uno de los compañeros de que liberaran a Pau Gilbert Canals y le pidió a Joan Jover que lo acompañara a su oficina.

Jaume Bibiloni permanecía de pie frente al escritorio mientras acercaba una carpeta a Joan Jover que estaba sentado en el lado opuesto de la mesa.

—Nos ha llegado el listado de la congregación. En 1857, a finales de año, una chica fue declarada como poseída, y esta, trasladada a la capilla de Alaró. Adaptaron una zona de la sacristía con un altar para practicar presuntamente un exorcismo. El lugar lo escogió el mismísimo alcalde, por lo que recuerda la madre superiora sobre lo que leyó en un acta de la época. —Se tomó unos segundos para acomodar la información que había recibido y prosiguió—. Las malas lenguas del convento decían que esa muchacha era visitada a menudo por el alcalde de Palma. Lo último que se sabe es que esa chica desapareció una noche. Nadie más supo de ella. Eso es todo.

—Pero... ¿la causa de la muerte?

—No podemos imputar a un muerto, Joan, eso lo sabes —dijo Jaume Bibiloni poniéndose de espalda mientras se encendía un cigarro.

A Joan Jover se le revolvió el estómago al sentir el olor a tabaco negro. Detestaba ese olor, lo detestaba por venir de quién venía.

—Pau Gilbert nunca había subido a aquella habitación. Su madre se lo tenía prohibido. Lo que sí nos contó es que hace un año, al ver que su madre perdía la cabeza, sintió curiosidad y subió allí forzando la puerta.

—Pero... No me jodas Jaume, no le vas a creer. No puedes cerrar el caso.

—Qué más da, joder, qué más da —dijo girándose y apoyando las manos sobre el escritorio—. Me importa poco si esa chica era una bruja o estaba poseída. Miquel está igual, se empecina como tú en dar respuestas a todo y lo mejor es olvidarlo. Pasó hace ciento cincuenta años o más, Joan, quizás todo fue un método de exorcismo, yo qué sé. Al principio creíamos que había sido el Payés quién sacó el cuerpo del armario, que eso era lo único que teníamos que resolver, pero no hay ningún indicio que lo inculpe, el armario no tenía ni una sola prueba de que la muerta hubiera estado allí.

—No Jaume, es posible que fuera él quién sacó el cadáver del armario y limpiara todo antes de meter la otra chica y luego tiró el cadáver.

—No, Joan. Tú mismo dices en el informe que no había huellas de pisadas en esa planta.

—¿Y la chica?

—No sabemos de dónde coño ha salido. Hemos comprobado dentro y fuera del castillo de Alaró y no hay nada que nos ayude. Es posible que alguien lo haya tirado desde algún coche. Pero qué más da. Lleva más de un siglo y medio muerta.

—No te hablo de la muerta, Jaume, joder, te hablo de la que estaba en el armario. La viva.

Jaume Bibiloni lo miró confuso.

—¿De qué putas hablas, Joan? ¿Qué chica?

—Joder, la que raptó ese hijo de puta del payés.

—¿Qué dices?

—Joder, Jaume, ahora no me vaciles tú. La que yo encontré dentro. Maria Antònia Servera.

—Joan... no había nadie allí. El armario estaba vacío. Tú me llamaste y fuimos a comprobarlo, ¿de qué hablas?

Joan Jover se apoyó en el respaldo de la silla mirando desconcertado al inspector. Siguió insistiendo hasta que Jaume Bibiloni le entregó el informe que él le había escrito ese mismo día después de encontrar el armario. Comenzó a leerlo. Incrédulo, releyó una y otra vez. Se quedó en silencio.

—No puede ser —murmuró extrañado.

Miquel irrumpió en el despacho. Caminó hasta el inspector mirando a Joan Jover como si fuera un completo extraño y le dijo algo al oído a Jaume Bibiloni.

—¿Qué putas? —exclamó—. Joan... pero... ¿qué has hecho?

Inmediatamente entraron dos agentes y redujeron a Joan Jover esposándolo con las manos a la espalda.

—Jaume, ¿qué coño pasa? —preguntó Joan, mientras lo iban arrastrando hacia la salida, mirando al inspector y luego a su amigo que bajó inmediatamente la vista al suelo.

El inspector se quedó en silencio. Miquel no apartaba la mirada del suelo.

—Miquel, ¿el cadáver estaba en su cama? —preguntó el inspector desconcertado, rompiendo el silencio.

—Sí, jefe, completamente desnudo.

—Qué puto asco —concluyó llevándose una servilleta a la boca para evitar vomitar.

Los minutos en el calabozo pasaban lentos. Joan Jover no había recibido ninguna explicación. Solo la mirada de desaprobación y murmullos de parte de todos los compañeros de la comandancia. ¿Qué estaba pasando? ¿De qué lo inculpaban? Recordó a su chica. Ella debía estar esperándolo en el piso. No debía de entender el porqué de su ausencia. Quería llamarla. Escuchó el ruido de la puerta de entrada a los calabozos, se arrimó a la reja y apoyó la cara en los hierros.

—¿Oiga? Necesito hacer una llamada —exigió mientras hundía el rostro contra las barras, como si así pudiese atravesar la reja.

Nadie respondía. Escuchaba unos pasos acercarse. Joan Jover seguía insistiendo enérgico. Un rostro conocido se puso frente a él.

—Amor —dijo sorprendido.

Maria Antònia Servera no le dejó dar ninguna explicación y comenzó a besarle apasionadamente. Ella abría la boca e introducía con movimientos circulares su lengua en el paladar de Joan produciéndole un placer desmedido. Sentía como ella empezaba a meter su lengua cada vez más dentro de su boca, el tamaño de esta comenzaba a aumentar. Joan quiso separarse, pero a medida que lo hacia la lengua se alargaba y entraba más profundo por su garganta. Empezó a asfixiarse. Abrió los ojos y vio como el rostro de su amada iba transformándose. La boca de Maria Antònia Servera se abría cada vez más hasta convertirse en un agujero negro que le cubría prácticamente el rostro. La lengua, transformada en un gran gusano salía del fondo del orificio oscuro y sangriento. Joan Jover comenzó a sentir un calor intenso en su interior, como si lo estuviera consumiendo el fuego. La cuenca de los ojos empezó a hundirse hasta succionar por completo los ojos del investigador y su cuerpo se fue consumiendo por aquellas llamas internas hasta quedar la piel pegada a los huesos. La mujer lo soltó y cayó de un golpe seco sobre el suelo frío de la celda.

—La madre superiora lo espera —dijo la joven novicia mientras acompañaba a Francisco Fernández hasta la sala capitular—. Siento mucho lo de su compañero —comentó apenada.

Francisco Fernández, recién llegado de Valencia al departamento de criminalística de la guardia civil, había sido destinado para continuar con el caso. La muerte de Joan Jover había sido el detonante para que la madre superiora diera aquella entrevista, debido a la inexplicable causa de la muerte. Habían encontrado el cadáver del investigador forense completamente consumido dentro de la celda. Miquel fue el encargado de hacer la autopsia y el cuerpo presentaba señales de incineración interna, como la del cadáver de la mujer encontrada en el camino del castillo de Alaró. Luego de eso, Miquel dimitió de su puesto y se marchó de la isla a vivir a la casa de sus abuelos en Sevilla.

La sala capitular estaba en completo silencio. La madre superiora lo esperaba sentada en una silla de roble detrás de un escritorio del mismo material. La novicia le hizo señal para que se sentase y se marchó cerrando la puerta tras de sí.

—Lamento lo sucedido, joven —dijo la Madre superiora regalando una mirada de compasión.

—Es una desgracia —comentó el joven inalterable.

La madre superiora estiró la mano hacia el lado derecho de su escritorio y agarró unos folios.

—Aquí está lo que habían solicitado.

—Gracias, Madre —respondió Francisco Fernández y se levantó de su asiento.

—Agente —interrumpió la Madre superiora—. Siéntese. Debemos hablar —sentenció.

La anciana se puso de pie, fue hasta un archivero y sacó unos libros gruesos que apoyó cuidadosamente sobre el escritorio. Abrió uno de ellos y de este sacó unas fotografías antiguas. En ellas salían imágenes de una muchacha en estado deplorable y de dos párrocos a su lado.

—Es ella —dijo la madre superiora.

Luego se santiguó y rezó una oración breve mirando al techo de la sala.

—Ustedes sabrán disculparnos. No podemos andar enseñando esto. Pero luego de lo sucedido, creo que es necesario —añadió. Se sentó en su silla y continuó—. Se llamaba Maria Antònia Servera Sampol. Era una muchacha obediente, fuerte y por sobre todo fiel sierva de Dios, según lo que me contó la hermana socorro, que en paz descanse, antes de entregar la posesión de la sacristía. Según consta en actas, estas que tengo aquí, la joven novicia fue con su grupo de la congregación a hacer voluntariados por la isla y se extravió. Cuando la encontraron ya no era la misma. Comenzó a tener comportamientos extraños, delirios. Hablaba del alcalde, de una mujer y de la muerte, de venganza y miles de blasfemias hacia Dios. Fue por eso por lo que se le practicó un exorcismo. Ella no respondía a su nombre, se hacía llamar Anastasia y lanzaba conjuros y maldiciones a los curas enviados desde el Vaticano, pero durante aquel proceso largo y tedioso la chica desapareció. Las malas lenguas hablaban de una mujer que fue amante del alcalde y que esta fue quemada viva. El alcalde la condenó a la hoguera por hechicera después de injuriar e intentar destruir su matrimonio. En esa época ya no se quemaba a las bruixes, se las condenaba, por eso esa fue la última vez conocida que se ajustició a una bruja de esa manera. Una leyenda se alzó en los pueblos sobre la maldición de Anastasia y la novicia poseída que buscaba venganza. Al poco tiempo el cadáver de la novicia apareció y unos días después falleció el alcalde de un ataque al corazón. Según actas, el cuerpo de la muchacha fue encerrado en uno de los armarios construidos para retener las almas malditas, enviados a hacer a Antonio Isern y con inscripciones de la biblia en latín y otras lenguas. Uno de esos armarios, con el cuerpo de la novicia, fue sepultado en los calabozos subterráneos que tenemos aquí. Se supo, después de pasado un tiempo, que el alcalde había mantenido encerrada a la hechicera «Anastasia» durante más de una década dentro de unos de los armarios, antes de quemarla. Debe ser el armario que encontraron. —Se puso de pie y como suplicando perdón miró al agente—. Cuando nos enteramos de que había aparecido un cuerpo momificado en Alaró fuimos a comprobarlo. Yo no me lo quise creer, pero cuando abrimos la tumba y el armario, el cuerpo ya no estaba. Nadie forzó aquella puerta, agente, no entendemos nada. Solo hemos rezado y pedido a Dios por el alma de su compañero.

—Madre, no debió ocultar esta información —interrumpió Francisco Fernández haciendo un esfuerzo por no reír a carcajadas.

No creía en maldiciones ni en exorcismos. Para él, posiblemente la iglesia estaba intentando limpiar su culpa por encerrar a una joven en un armario. Se puso de pie cansado y fue a coger las actas.

—¿Qué hace, agente? —preguntó horrorizada.

—Son pruebas y debo llevarlas, Madre. Negarse va a empeorar las cosas.

La madre superiora no opuso resistencia. Se notaba que estaba nerviosa y preocupada.

—Bueno, no le hago perder más tiempo, debo regresar al trabajo —anunció Francisco Fernández y se dirigió hacia la puerta.

—Agente, deben meter el cuerpo de nuevo en el armario... hágame caso —suplicó la anciana con los ojos llenos de pavor.

—No se preocupe, madre, sabemos enterrar un cadáver —ironizó mientras cerraba la puerta.

La madre superiora se santiguó una vez más y murmuró

—Que Dios nos asista.

Francisco Fernández no tuvo tiempo de pasar por la comandancia al finalizar su jornada laboral y decidió ir a descansar a su casa. Llegó a un apartamento de alquiler que le habían asignado en el traslado a Mallorca, dejó las actas en la mesa del salón y llamó a su novia que vivía aún en Valencia. Ella no quería vivir en Mallorca y se iban turnando los fines de semana para viajar. Hacía quince días que no se veían. Desde que Francisco había llegado a Mallorca no paraba de trabajar no solo en el caso de Joan Jover y el cadáver, sino también en otros que iban apareciendo como si hubieran esperado a que él llegara a la isla. Colgó la llamada y miró las actas haciendo una sonrisa escéptica y fue a beber agua de la nevera. Cuando iba a llevarse la botella a la boca sonó el timbre de la puerta. La dejó sobre el mueble de cocina y fue hasta allí. La puerta no tenía mirilla, así que acercó el oído y preguntó:

—¿Quién es?

Nadie respondió. Iba a volverse a la cocina cuando escuchó un susurro en su oído

—*Obri sa porta...*

Se giró y no vio a nadie. Volvieron a tocar el timbre. Caminó hasta la puerta y sintió algo abultado en el bolsillo de su pantalón. Sacó el objeto y lo observó extrañado. Volvió a escuchar el timbre. Abrió directamente la puerta y una mujer bella y joven estaba al otro lado. Estaba vestida de una forma extraña, un vestido largo hasta los tobillos de color rojo. Quiso preguntar quién era, pero la muchacha no le dejó hablar y se lanzó dulcemente a sus brazos y empezó a besarlo. Francisco Fernández no pudo reaccionar y se dejó llevar por la pasión que despertaba la muchacha, dejando caer el objeto que había encontrado en el bolsillo de su pantalón segundos antes. La cruz morada cayó al suelo y la puerta se cerró con un golpe seco.

FIN

Talaiot

De Pau Garcia

"Para conocer a un pueblo, debemos sumergirnos en su legado, sus ruinas, monumentos y folclore. En Mallorca no hay mayor vestigio de su historia que los Talayots. Rodeados de enigmas, hoy día, siguen siendo todo un misterio..."

DESPERTAR

Los golpes que aporrearon la puerta despertaron a Martí, con los ojos entreabiertos apenas discernía un extraño reflejo azul en su ventana.

—¡Ya va, ya va!

Abrió la puerta de par en par y vio a un par de agentes de la policía judicial de la Guardia Civil y a la culpable de los destellos azules que le dañaban la vista.

—¡Guardia Civil, hola Martí! Vístete rápido, debes acompañarnos al cuartel para un interrogatorio, ¡no me lo pongas difícil, por favor!

—¡Joder! —expresó con desdén Martí—. ¿Es por el capullo ese de profesor verdad? No lo he visto desde el puto juicio y pagué la indemnización, ¿Qué coño dice ese gilipollas que he hecho ahora?

—¡Martí! ¡El profesor Galmés está muerto!

El semblante de Martí quedó tan blanquecino como el de una lechuza. Se vistió aprisa y subió al coche de los agentes como el que se va con unos colegas a dar una vuelta. Ayudaba el hecho de que el cabo al cargo García era su amigo, o al menos lo habían sido en el instituto. García recibió una llamada:

—¡Ajá...Ajá...! ¡Sí, lo tenemos... No creo que sea buena idea que... ¡ajá...! De acuerdo mi capitán, vamos hacia allí, cinco minutos mi capitán. —Y colgó.

—¡Vuelve hacia Algaida, vamos a la escena! —dijo al conductor con un largo suspiro, mientras volteaba su cabeza para mirar a un nervioso y perdido Martí.

El coche patrulla avanzó por el estrecho camino de piedras hasta que la maleza no le dejó continuar.

— ¡Abajo! —ordenó García.

En medio de la profunda oscuridad, Martí alcanzó a ver diversas sombras que danzaban como hormigas nerviosas alrededor de la inmensa estructura. A medida que se acercaban, se distinguían múltiples focos brillantes iluminando lo que sin duda era una construcción talayótica. García se detuvo y cogió el brazo de Martí.

—¡Lo siento! —dijo—. Tengo que hacerlo, es el protocolo, ¿lo comprendes?

—¡Sí, tranquilo! —contestó lacónicamente Martí.

García esposó al aún perplejo detenido y lo acompañó con suavidad hasta el grupo reunido al lado de la primera gran piedra de la construcción. Todos estaban en círculo alrededor de un bulto tirado en el suelo, y se abrieron lentamente para dejar entrar en su corrillo a los nuevos presentes. Una arcada imparable como un tsunami ahogó la garganta de Martí, si no es por su amigo García, habría caído de bruces al suelo. García lo sujetaba con ambas manos mientras Martí regaba con su alma el campo mallorquín entero, jamás, ni en ninguno de sus míticos desfases, había experimentado tal vaciado de entrañas.

—¡Por Dios, cabo!, ¡apártelo hacía allí, joder!, ¡va a contaminar la escena! —gritó el capitán Prieto.

—¡Hostia puta! ¿Qué mierda es eso? —balbuceó Martí una vez no tuvo nada más que vaciar.

—¡Eso Martí... ¡Creemos que es Galmés! O por lo menos, llevaba su cartera.

La mirada de Martí tornó en un pánico irracional, apenas se sostenía al incorporarse. Se forzó a mirar de nuevo el cuerpo del profesor de la UIB; su rostro estaba totalmente desencajado, un largo corte ascendía desde su mandíbula hasta la frente, de algún modo la precisión del tajo había conseguido cortar la montura de las gafas sin que apenas estas se movieran de su posición, pero la piel de su cara estaba abierta y separada como un despiece de falda de ternera que dejaba a la vista los huesos de la mandíbula, nariz y cráneo. Pero era el torso reventado lo más impactante, estaba completamente abierto en canal, como si un fórceps para autopsias le hubiera separado las costillas, y sus vísceras estaban esparcidas por la tupida alfombra que formaba la hierba asombrosamente simétrica, como si un cortacésped hubiera estado dándole forma con mimo. Martí se sorprendió al centrar su pensamiento en eso aun teniendo en frente tan perturbadora escena, sobre todo al abrirse el cielo de nubes y dejar a la luna llena iluminar el claro en todo su esplendor. Podría haber sido una mágica estampa de no ser por los estúpidos homínidos con sus petos fluorescentes, uniformes, monos y focos rompiendo el encuadre, pensó Martí. Nunca se había encontrado muy cómodo con sus semejantes, la mayoría le parecían estúpidos y a veces se odiaba a sí mismo por pensar de ese modo, pero nada podía hacer más que resignarse, tratar de tener paciencia y aislarse en la medida de lo posible de su propia especie.

Ahora podía ver con claridad el Talayot, no era muy distinto a otras formaciones talayóticas ya conocidas, como su vecino cercano Talayot de Son Coll Nou, pero a su vez muy distinto que Son Fornés en Montuïri, apenas a 6 kilómetros en línea recta. Martí, siempre atraído y hechizado por estas construcciones y su mística, había realizado y publicado diferentes teorías y artículos que se desviaban o bien, digámoslo así, no comulgaban en muchos aspectos con lo académicamente correcto, y de ahí sus problemas, especialmente con el Doctor Galmés, prestigioso catedrático de historia de la UIB, y cuyas vísceras y occipital, el izquierdo para ser más exactos, colgaban de su inerte cuerpo y se extendían como el liquen de las rocas del propio Talayot, Martí volvió a sumergirse en uno de esos extraños pensamientos al parecer todo muy conjuntado, como si ese atroz hallazgo de algún modo formara parte del paisaje descubierto.

En sus estudios e investigaciones Martí tenía una teoría apócrifa sobre ese tipo de túmulos aislados que no formaban parte de un poblado o aldea Talayótica, construcciones aisladas a varios kilómetros de poblados prehistóricos qué a su juicio, no podían ser o formar parte de una aldea más pequeña o cumplir la función de un granero o fortificación defensiva o centro ceremonial como se creía. A su manera de ver, no tenía sentido alguno dedicar y concentrar tantos recursos en la construcción de esos emplazamientos y menos si estamos hablando de seres, y ahí es donde todas sus teorías perdían su fuerza y recibían burlas, que habitaron las islas entre 800 y 1500 años a.c. ¿Cómo podrían haber levantado y colocado piedras de ese tamaño y peso? Y, lo más extraño, ¿por qué ahí y cuál fue la imperiosa necesidad de semejante esfuerzo fuera de núcleos poblados? Martí no tenía duda alguna: por miedo.

Era la única fuerza capaz de tal motivación, y la más poderosa sin duda que empuja a los seres vivos a realizar proezas que parecen imposibles. Y dado el tamaño de las rocas, debía ser un miedo atroz. Pero, ¿miedo a quién? ¿O a qué?

Eso es lo que a la postre y junto a la denominación de seres y no de humanos, llevaron a Martí a la excusa perfecta para ser víctima de las burlas y el escarnio público al que le sometió Galmés, y por ende, el motivo por el cual se hallaba horrorizado y fascinado a partes iguales y por supuesto esposado, ante el cuerpo del académico. No merecía aquello a pesar de lo que Martí pensara de él, nadie merecía semejante fin.

—¡A ver, hippie! —vociferó el capitán—, ¿ya se ha recuperado la señorita?

En un intento de parecer templado, Martí se irguió y miró desafiante la cara del capitán asintiendo con la cabeza.

—He visto muchas atrocidades en esta mierda de vida, pero esto... ¿Esto por una jodida rencilla académica, por unas estúpidas críticas?

Martí intentaba hablar, pero solo lograba balbucear, apenas tenía saliva en la boca que notaba seca y áspera.

—¿De verdad creen que he tenido algo que ver en eso? —se descubrió escupiendo Martí—. ¿Cómo cojones podría yo o nadie hacer algo así? —Hizo una pausa para añadir—. Necesito, quiero, ¡exijo un abogado!

—¡No hará falta! —dijo Prieto—. Cabo, quítele las esposas. No está usted detenido, pero sí es sospechoso, no lo olvide. Le he hecho venir de esta guisa y precipitadamente para ver su reacción, y para el reconocimiento del cadáver, no es el protocolo a seguir, normalmente lo llevaría a usted a la morgue, pero en algunos casos puede llegar a ser muy revelador, además, ese doctor no tiene familiares en la isla.

—Me cabreó, le di un puñetazo, perdí el juicio, perdí uno de mis trabajos y mis ahorros para poderle indemnizar. ¡Y ya! ¡Punto...! No había vuelto a saber de ese gilipollas desde el juicio rápido. —Martí hablaba más relajado, pero con un cabreo monumental que denotaba en sus gestos y en sus facciones.

—¡Y a la chica! —dijo el capitán—. Se te ha olvidado comentar que también perdiste a tu chica, ¿No es así? —Miró burlonamente a Martí con la clara intención de seguir provocando—. ¿Es cierto que tu chica era ahora la amiga especial del Doctor?

—¿Por qué no la han avisado a ella para el reconocimiento y me dejaban a mí en paz?

—¡Lo hemos hecho! —afirmó el capitán mientras levantaba la vista por encima del hombro de Martí, confirmando con el gesto la llegada de un nuevo vehículo policial, del cual, para sorpresa de Martí, se apeaba una Alicia desconcertada.

Martí comprendió lo que quería Prieto y no dijo nada, tan solo se mordió el labio inferior denotando que se estaba conteniendo, su piel sin embargo no podía ocultar sus emociones al erizarse por completo en el momento en que su mirada y la de Alicia se encontraron. Se oyó el lejano pero largo aullido de un perro.

—No le aticé por intentar reírse de mí el día de la visita y tampoco por celos... —prosiguió Martí.

—Martí, te aconsejo que no digas más sin un abogado —le dijo su amigo García ante la mirada asesina de su superior al oírlo—. Señor esta situación se está saliendo de...

—¡Shhhhs! —espetó Prieto—. ¡Cállese o lárguese García!

—¡No importa! —dijo Martí cabizbajo mirando hacia el cadáver de Galmés ya dentro de la bolsa fiambres, esperando ser alzado para su traslado—. ¡Ahora ya no importa! Le pegué por rabia, sí, por dolor y por impotencia, porque Galmés... ¡Galmés forzó a Alicia!

La cara de los presentes mutó por la sorprendente declaración.

—Como ya saben ella era su adjunta, y él siempre, bueno ya saben... le iba soltando puyas todo el día aprovechándose de su situación de poder, además de meterse conmigo y mi trabajo delante de ella a la menor oportunidad. Ella me lo contó y tuve unas palabras con ese baboso de mierda, aunque ella me había pedido no intervenir, pero lejos de pararle los pies, mi bronca lo incentivó aún más. Al parecer el papel de chica indefensa que necesita que un hombre la defienda, le ponía aún más. Así que una tarde le pidió que se quedara para no sé qué mierda del despacho, se había tomado un par de copas y bueno.... en fin... Ella no se resistió mucho y eso le dio alas.

—¿Y no se le ha ido un poquito la mano, Martí?

—¡Nooo, por Dios! ¡No me mire como si hubiera resuelto el crimen, joder! Cuando me lo contó entre sollozos estuve a punto de ir a por ese hijoputa, pero ella me frenó. Me dijo que nadie la creería, que perdería el trabajo por el que había luchado tanto y que hablaría con el rector de lo sucedido y entonces, solo entonces, acudiría a la policía. Y ahí es donde la perdí. Una semana después, no sabía nada de ella, así que fui a su trabajo y los vi juntos, como una parejita formal en la cafetería tan campantes, su mirada me inundó de desconcierto y decepción, tan solo pude más que tirarle el café encima a ese cretino. No supe nada de ellos hasta el día que se presentó en una visita guiada aquí al lado, en el Talayot de Son Coll Nou, y allí empezó a reírse de mí y dejarme mal por una nueva teoría que tengo. Solo le había hablado de ella a Alicia, así que me sentí doblemente humillado y traicionado, y... el resto ya lo conocen. Pero jamás podría haber siquiera imaginado algo como....

Alicia se dirigió con pasos tambaleantes hasta la bolsa del cadáver ya casi cargado en el furgón, miró de reojo a los presentes que la observaban con ceremonioso respeto. La cremallera sesgó con su característico «crecrecre» el silencio de la noche y Alicia contuvo un grito de horror llevándose sus dos manos a la boca.

—¡Mira, nenaza, no ha potado como tú! —Sonrió Prieto.

Martí al verla hizo ademán de ir a socorrerla. Quería abrazarla, besarla y darle abrigo, aún a pesar de todo el dolor, la rabia, el rencor, el amor, la estima... ¿Qué emoción tarda más en desvanecerse... o nunca lo hacen? Tal vez queden siempre ahí, en letargo, como la absurda teoría de Martí, para aparecer cuando menos lo esperas y volver a joderte la vida.

Las luces de varios coches ya se perdían tras el túmulo, y apenas un par de focos, García, su compañero, el capitán y el oriundo forense quedaban junto al edificio megalítico, a los que se unió una descompuesta Alicia, que miró aterrada a Martí. La luna regaba el claro, inundando de luz el Talayot aún a medio descubrir. Martí, preocupado por los hechos que le habían llevado allí, no se había detenido a contemplar la maravillosa estructura que, a pesar de sus 3000 años, parecía nacer de la tierra con el vigor orgulloso de un chiquillo. Parecía reírse del ricachón extranjero que pretendía levantar su estrafalario chalé sobre sus rocosos huesos.

—¡Ummm, mal jugado! —Sonrió Martí. Ahora, gracias a la ley de patrimonio, nada podría construirse en esos terrenos ni cerca de ellos, bastante vendida y mutilada estaba ya Mallorca—. ¡Que se joda!

De súbito, una densa niebla brotó de la húmeda y corta hierba que colonizaba todo el claro, como aliento de un mitológico dragón de hielo, envolvió a los presentes y la estructura como el presagio del despertar de la bestia. Si preguntaran a Martí, a bien seguro pensaría que era posible que fuera eso, y no la simple niebla que por esa época se levantaba, o más bien bajaba por todo el pla de Mallorca, preludio del amanecer que se acercaba. Al tiempo algunas nubes cubrían la gran luna, dificultando más, si cabe, la visibilidad.

El capitán tomó la palabra y con un tono relajado empezó a hablar. Martí no pudo más que sonreír ante la clara diferencia de trato que le estaba dispensando a él, y la calidez de su voz al dirigirse a ella. Eso le decía mucho sobre el comisario, sin duda era de la vieja escuela y más conservador que la sal. Sabía que si iba de listillo bien podría llevarse un buen galletón de recuerdo esa noche, como mínimo, así que debería elegir bien sus palabras.

—Señorita Alicia, siento las circunstancias de su presencia aquí, pero era necesaria la identificación del deceso y usted es la persona más próxima al finado en la isla.

—No, no... no entiendo nada, esta mañana estaba bien, ha salido temprano de casa con algo de prisa, ¡pero...!

Alicia respondía al interrogatorio del capitán con evidente nerviosismo, pero ¿quién podría juzgarla?

—¿Sabía usted por qué se encontraba aquí hoy? Hemos hablado con dirección de obra y no tenían programada visita hasta la semana próxima.

El talayot había sido descubierto durante las obras para la cimentación de un casoplón, un grupo inversor extranjero se había hecho con los terrenos rústicos adyacentes al talayot de Son Coll Nou y tras muchas y variopintas argucias, había conseguido los permisos para construir un enorme complejo de residencias rurales para alquiler vacacional. Una vez más y ya era una costumbre: *residentes* 0 vs *inversores forasteros* 5, porque cinco eran las casas que querían construir. Pronto Mallorca dejaría de ser Mallorca, pero el proceso parecía irreversible. Por fortuna para todos, pusieron a trabajar sus excavadoras en el lugar equivocado. Fue toda una noticia, ya que la promotora intentó esconder el hallazgo, y el escándalo del posible saqueo de un yacimiento arqueológico era demasiado grave como para pasarlo por alto. Las obras se paralizaron de inmediato y se creó una comisión. Era una buena oportunidad, tal vez la que había estado esperando Martí, y dada la proximidad de su casa y de su vecino Son Coll Nou del cuál él era su mayor experto, contaba con participar en el proyecto, pero, por supuesto, como director de este fue nombrado Galmés. Cabe decir que este cerró cualquier puerta, ventana o agujero para impedir que Martí se acercara ni siquiera a cien metros de la excavación.

Por azares de la vida, tal como el monumento iba siendo descubierto, era una obviedad ver que era exactamente idéntico al de Son Coll Nou, gemelos podría decirse, y eso era una característica que los hacía únicos. Así que Galmés tuvo que tragarse parte de su orgullo y acudir a Martí en alguna ocasión, y el recelo que se tenían no hizo más que aumentar.

Alicia tomó la palabra.

—No tengo idea de por qué vino, solo sé que llevaba un par de días muy excitado y nervioso, y estaba como enfadado conmigo, sacando a relucir a Martí a la primera de cambio. Al parecer habían encontrado unos restos biológicos y Martí los llevó a analizar sin su permiso. —Miró a Martí mientras pronunciaba su nombre, aunque este, con todo el aplomo que fue capaz de reunir, ni se inmutó. Eso le dolió a Alicia, y Martí fue consciente de ello, sintiéndose mal, pero viviéndolo como un pequeño triunfo al fin, tras todo el dolor soportado.

—Empezó a hablar sobre la teoría de Martí de los túmulos y se enfadaba muchísimo al pensar que debía acudir a él en algún momento, por supuesto se negaba a hacerlo, y cuanto más le insistía yo en que debía enterrar el hacha de guerra, más se cabreaba. —Martí ahora se sentía eufórico por dentro, parecía haber olvidado incluso por qué estaban allí—. Al parecer justo tras la desaparición del maquinista el pasado mes hizo que se retrasara la estratificación de una parte importante del yacimiento, dijo que costaría muchísimo reemplazar a ese trabajador porque no querían meter a cualquier inútil a hacer ese trabajo tan específico.

—Un momento, un momento señorita… —atajó Prieto—. ¿Me dice que hace un mes hubo una desaparición aquí mismo?

—¡Bueno… ¡Aquí mismo no! No se sabe dónde fue. Era un tipo un poco conflictivo y con algunos malos vicios, según me contó Enrique.

—¿Pero se puede saber cómo coño existe una desaparición relacionada con este caso y ni Dios está enterado, cabo? —El cabreo del capitán era de órdago y García no sabía dónde meterse—. A ver, señorita, ¿por *Enrique* se refería usted al profesor Galmés?

—¡Sí...! —dijo, tímida, Alicia—. No le gustaba que le llamaran *Enric* y siempre corregía a todo el mundo repitiendo *Enrique*.

Martí esbozó una sonrisa al recordar lo gilipollas que podía llegar a ser el profesor.

—¡Entendido! —alzó la voz García mientras dejaba de presionar el botón de su radio que llevaba en el hombro izquierdo—. No nos consta desaparición alguna en el último mes, mí capitán.

—¿Entonces ese trabajador especialista desaparece y no dan ustedes parte a la policía ni se interesan por él? —expresaba incrédulo Prieto.

—Solo sé lo que Enrique me contó, que era un tipo muy arisco y solitario, con problemas de juego, alcohol y todo eso.... No era la primera vez que dejaba un proyecto a medias y por eso no le dieron importancia.

—¡Cabo, emita una orden de búsqueda de ese tipo ahora mismo! ¡Quiero saber su nombre, apellidos, antecedentes si los tiene, familia, conocidos... todo, García, hasta de qué color cagaba!, ¿me entiende? —vociferó el capitán alterado.

García no se molestó en contestar, asintió con la cabeza y echándose de nuevo la mano a la radio, dio media vuelta y empezó a ladrar instrucciones por la misma mientras se alejaba tras la cada vez más espesa niebla. De fondo, les llegó de nuevo el lamento de un aullido de can, esta vez más cercano, mucho más cercano.

—¡A ver, ya se ha hecho referencia varias veces a esa maldita teoría suya sobre este montón de piedras de mierda! —se desbravó Prieto.

—Talayot —dijo el tímido forense que hasta ahora no había abierto boca.

La mirada del capitán se le clavó como un puñal al médico, Martí supuso que ya no la volvería a abrir más.

—¿Será tan amable de hablarnos de ella señor vomitón, y de esos restos biológicos o lo que sean...?

El capitán tenía constantemente que dejar claro quién llevaba los pantalones, lo cual lejos de sumar, le restaba autoridad a ojos de Martí, lo hacía parecer inseguro. Martí también sabía que intentaba compensar esa falta de seguridad con una mala hostia permanente, y que era peligroso llevarle la contraria. Cuanto más zafio era uno, menos predispuesto a razonar se mostraba. Iba a ser difícil que entendieran su teoría. Así que Martí empezó a hablar con el tono más relajado del que era capaz:

—Me he criado en estas fincas —comenzó a relatar Martí—. Desde muy chico, corría y saltaba por las piedras del monumento, antes de ser declarados incluso patrimonio. Quiero que entiendan que, para mí, esto era más que un patio de recreo, ¡ha sido mi vida! En la actualidad están protegidos y cuidados por los distintos consistorios o gobiernos de la isla. Los Talayots de Menorca, incluso, han sido declarados recientemente patrimonio de la humanidad, pero no hace tantos años esto no era así. Muchos de estos monumentos fueron saqueados y utilizaron sus enormes piedras como aprovechada cantera o corrales. A muchos payeses les estorbaban en sus tierras. Por suerte, en muchos casos, daba demasiado trabajo intentar deshacerse o aprovecharse de ellos y aquí llevan, algunos, puede que más de 3000 años. Siempre me fascinaron al punto de no hacer otra cosa que estudiarlos. Tienen una magia especial.

—¡Abrevie, por Dios! —rezongó el capitán nervioso.

—Verán, aunque existen muchas hipótesis sobre estos monumentos, no se les ha podido demostrar un uso específico, y mi lógica no coincide con algunas de las teorías que se suponen canónicas. Este talayot en especial es circular y está orientado a otros talayots similares, además de ser el primero en el que se encuentran restos biológicos. Se cree que la mayoría estaban dedicados a centros ceremoniales, de hecho, los de planta cuadrada están orientados a los solsticios o lunas. Pero en mi opinión, no tiene sentido dedicar tal esfuerzo en desplazar y colocar semejantes rocas simplemente para realizar ritos, almacenar víveres o cobijarse del clima. La única opción que nos deja es la de protegerse de algún enemigo externo. Pero aun así son exageradamente enormes. Piensen en pequeños asentamientos humanos 1000 años antes de Cristo, no se inventaría ni la polea ni la palanca hasta 700 o 800 años más tarde. ¿Qué los llevó a realizar tan titánico esfuerzo? El miedo, esa es la base de mi teoría, pero no el miedo natural, o el miedo a sus enemigos, es más, estos construían de igual modo, el miedo atroz, el auténtico terror.

Martín hizo una pausa adrede, para que los oyentes integraran la información en sus mentes. La niebla ya era muy espesa y apenas se distinguían a un par de metros de distancia.

—¡Joder, cabo, cuando termine de hablar con central, traiga un foco para acá!

Pero García no contestó.

—Durante años estuve intentando demostrar que, por la posición y tamaño de una de las rocas, esta bien podía servir a modo de puerta. Difícil sí, improbable y hasta imposible dado su tamaño, tampoco sería muy práctico, así que solo debía poder usarse en caso de extrema necesidad. Encontré ciertas marcas en la estructura de la entrada que sugerían podrían haber encajado algún tipo de instrumento o palanca que les permitiera desplazar la colosal roca, pero ya les he dicho que aún faltaban siglos para inventarla o dejar constancia de ello al menos gracias a Arquímedes. Pero ahí estaban las pruebas, aunque débiles, que podían revelar el enigma. Cuando eran atacados por otro clan, se protegían encerrándose dentro, haciendo imposible al enemigo alcanzarlos. Algunos estudiosos se interesaron por mi teoría, y otros, Galmés entre ellos, no. Aun así, algo chirriaba en mi cabeza, me faltaba una pieza en el rompecabezas, ¿aun para protegerse del enemigo eran necesarias esas desproporcionadas rocas? ¿Y si no fueran para guarecerse de alguien, y si fueran para guarecerse de algo, o para encerrar algo...?, ¿algo tan temible como para tener que encerrarlo entre toneladas de rocas?

Martí volvió a dejar una pausa para que asimilaran su relato. Desde que este tomó forma en su cabeza, más y más claro lo veía.

—¿Me está diciendo que estos túmulos eran una cárcel para algún tipo... de qué, de monstruo? ¡Jajajajaja! De verdad lo tenía por una especie de hippie erudito, no por un Iker Jiménez de ocho al cuarto —habló Prieto.

De repente Alicia entró en la conversación, se la veía incómoda y llorosa.

—Anda, Martí, ¿por qué no prosigues con tu absurda exposición? Esa gilipollez es la causa de tu estúpido comportamiento y del suyo.

Martí la miró con expresión de odio y prosiguió:

— Mi teoría de la prisión de rocas ya tenía forma, pero me faltaba algo. Observé que algunos de los poblados tenían uno de estos talayots aislados, seguramente todos los tengan, pero aún estén por descubrir o simplemente se destruyeron. Lo que realmente me reveló la verdad fue precisamente este yacimiento. Antes de crear la comisión y dejarme fuera, pude acceder al mismo y realicé un descubrimiento. Dentro del túmulo encontré restos biológicos en un extraño proceso de fosilización o momificación, además de una vasija y distintos instrumentos chamánicos. Fue sorprendente, nunca se había encontrado nada parecido, ni siquiera una pintura tipo rupestre. Me llevé unas muestras a casa, por supuesto sin permiso y las mandé analizar a un colega de la UIB. Me dejaron fuera del proyecto y decidí no hablar hasta encontrar algo. La muestra que encontré era parte de una especie de crisálida, como una especie de seda, solo que, de haber pertenecido a un capullo, este era muy, ¡muy grande! Llevé las muestras de nuevo a un laboratorio independiente para que mapearan su ADN y el resultado fue sorprendente, la muestra contenía ADN humano y ADN de insecto y vegetal.

—Vamos, ¿que analizó dos muestras y una de ellas tenía ADN humano? —razonó el forense.

—No, no, no me han entendido, en la misma muestra de tejido coexistían tres tipos de ADN.

—¡Eso es imposible! —vociferó el médico—. ¡Está usted chiflado!

—Déjele continuar, Doc, a ver si acabamos de una vez —dijo Prieto, incrédulo.

A los largos aullidos del perro se sumaron otros cada vez más cercanos.

—El ADN del insecto en cuestión es el de un *holometábolo Siphonaptera*.

—¿El qué? —gruñó Prieto.

—Una pulga, pero una especie de pulga ya extinta. Las pulgas son hematófagas, se alimentan únicamente de sangre. Pero poco más se puede saber de esta pulga porque está, o se la supone, extinta. Menos información se tiene de la planta, porque no se ha encontrado nunca nada que se le parezca.

—No sé cómo, pero creo que dentro de esa pupa en su día hubo una especie de pulga, pero una pulga del tamaño de un humano.

—¡Deje de decir disparates, por el amor de Dios! —insistió el forense, pero ahora con la voz muy nerviosa.

El aullido de los perros era ya ensordecedor, parecía que viniera de todos lados.

Martí prosiguió:

—Creo que estos túmulos eran urnas, urnas para retener un arma. De algún modo los chamanes criaban dentro a esas cosas y las soltaban cuando les interesaba para que depredaran a sus enemigos, mientras ellos se encerraban en sus propias fortificaciones, cuando acababan con todo el alimento en su ratio de alcance, estas criaturas o bien morían o volvían al cubil de nuevo a un estado de pupa, a la espera de más alimento. Debía ser un largo y tedioso proceso, e implicaba un sacrificio humano. De algún modo tres elementos participaban en el proceso, no he podido investigar más porque me quedé sin recursos y ya ven la reacción que tuvo Galmés.

Nadie excepto Alicia, que lo conocía bien, advirtió el leve tic en los ojos de Martí, que denotaba que escondía algo.

Tras la exposición de Martí se hizo el silencio entre los reunidos, únicamente el aullido sobrenatural de los perros rompía el silencio de la noche, cada vez más cercano y fuerte, retumbando en sus cabezas como tambores de guerra, todos se giraron mirando alrededor temiendo ser atacados por una jauría furiosa de lobos, los aullidos eran insoportables, un quejido furioso que advertía de un inminente peligro. Prieto desenfundó el arma al tiempo que todos se apretujaban los unos contra los otros con el miedo en sus ojos.

—¡Garcíaaaa! —gritó el capitán—, ¿dónde coño está?

La niebla podía cortarse con un cuchillo como si fuera mantequilla, los gruñidos estaban encima de ellos y aun así no podían distinguir nada, Prieto quitó el seguro de su arma y... de repente, el silencio, ¡nada...! Un vacío espectral se apoderó del claro y de la noche entera, tan solo roto por la quebrada voz de Alicia.

—¡Martí! ¿Dónde está Martí? ¡Por Dios, estaba a mi lado hace un momento!

—¡Me cago en la puta! —escupió el capitán con el arma en la mano—. ¿Qué coño está pasando aquí, joder?

El silencio era sobrecogedor, podía oírse el crepitar de las húmedas gotas como un murmullo que los envolvía y atenazaba, parecía que la niebla murmurara sobre ellos, y la humedad les calaba hasta los huesos, empezaban a estar empapados. Y decidieron moverse lentamente hasta donde suponían se encontraban los vehículos. Un extraño zumbido pasó silbando a la altura de sus cabezas, erizando cada centímetro de su piel. En un acto reflejo Prieto apretó el gatillo. La detonación profanó el espectral silencio, y, agarrados unos a otros, intentaron seguir una vez pasado el susto.

—¡Vamos, Doc, joder! ¿Quieres hacer el favor de caminar, coño? —vociferó Prieto, que por respuesta solo recibió un extraño sonido gutural, semejante al de una aguja de tocadiscos al rayar el plato.

—¿Doc, Doc? ¡Joder, Doc, nooo!

—¡Ahhhh...! —chilló Alicia inundada de miedo—. ¡Está muerto!

El forense estaba de rodillas en el suelo con la garganta completamente rajada. El corte era tan limpio y profundo que por poco no le arrancó la cabeza de cuajo, la sangre brotaba como una fuente de chocolate espeso y su cara, aún con la densa niebla, mostraba un rictus de auténtico terror. Alicia se abrazó al comisario que, lejos de comportarse como debía la situación, le dio un fuerte manotazo zafándose de ella y salió corriendo como alma que lleva al diablo hacia los coches. Alicia quedó tumbada de bruces en el suelo, pero resuelta a seguir al comisario para poder escapar. Estaba aterrada, pero la opción de quedarse sola era aún más aterradora que la imagen de la muerte misma. Se levantó resuelta a alcanzar a Prieto cuando de repente volvió a escuchar el zumbido mortal. Los gritos de infortunio de Prieto penetraron en sus sienes como los clavos de Cristo en la cruz. Solo pudo tirarse al suelo y quedarse completamente inmóvil, escuchando los gritos del comisario mientras era despiezado como un cerdo en matanza.

El tiempo parecía haberse detenido, Alicia sabía que no podía quedarse allí quieta, empezó a arrastrarse hacia lo que distinguía una estructura sólida. Al tocar la piedra, sintió el frío abrazo de su áspero tacto. Lentamente e intentando escrutar el horizonte más próximo, empezó a escalar por la roca hasta que encontró una abertura profunda y entró. Allí se quedó hecha un ovillo, sollozando, tapándose la boca para no hacer ruido. Pasaron unos minutos que fueron eternos. Las nubes se habían disipado y con la llegada de la luz de la luna, pareció que se abría también la espesa niebla. Despacio, pero inexorablemente, Alicia advirtió cómo la claridad inundaba la cavidad dónde estaba escondida. Poco a poco, logró reunir algo de valor y se irguió. Miró a su alrededor y descubrió un extraño manto que cubría el suelo como una telaraña. Al tocarla, sus manos se impregnaron de un extraño líquido aceitoso, y sus fosas nasales, antes taponadas por el miedo, advirtieron un extraño aroma dulzón, el mismo que le pareció sentir cuando oyó los zumbidos, el mismo que le pareció sentir cuando llegó Ella. Su corazón empezó a acelerarse con fuerza al darse cuenta de dónde estaba, y solo pensaba en salir de allí. La guarida no era muy grande, apenas un par de metros cuadrados, pero a ella le pareció el mismísimo infierno.

Asió con sus manos el saliente de la entrada para intentar darse impulso y en la misma boca de la tumba apareció... Completamente muda, se tapó la boca para que no escapara ni el más mínimo rastro de voz, la figura estaba a contraluz y se giró hacia ella. Los ojos de Alicia abiertos de par en par escrutando a la muerte no podían ni llorar de espanto. Hasta que la figura le habló:

—¿Alicia, Alicia, eres tú? —preguntó García—. Venga, agárrate, que te ayudo a salir.

García estiró uno de sus brazos y alzó a Alicia hasta arriba. Alicia, con lágrimas en los ojos, se abrazó al guardia civil con todas sus fuerzas.

—¡Tenemos que salir de aquí, es horrible, horrible! —repetía ella una y otra vez.

—Alicia, tranquilízate, estás en shock, intenta respirar —la calmó el cabo—. ¿Puedes explicarme qué ha pasado?

—¡Muertos, están todos muertos! —repitió ella—. ¡Ella está aquí y los ha matado a todos!

Sin duda había perdido la cabeza, pensó García mientras la ayudaba a bajar del túmulo.

La niebla había dado tregua y la luna llena iluminaba el claro con la majestuosidad de un cuento de Disney, el lugar era un espectáculo para la vista... si no estabas aterrado, claro. Tropezaron con los restos del capitán y García le tapó el rostro a Alicia para que no lo viera. Una vez al lado del coche le preguntó de nuevo:

—¡Martí! Alicia, ¿dónde está Martí?

—¡Se lo ha llevado el primero, esa cosa se los ha llevado a todos! —gritó ella—. ¡Vámonos, por favor, antes de que vuelva, vámonos!

García observó a una suplicante Alicia azorada y decidió subirla al coche para alejarla de allí. Tal vez, una vez fuera del claro, se atrevería a contarle lo sucedido. Mientras conducía empezó a interrogarla:

—¡Alicia, escúchame!, ¿qué ha pasado exactamente?, he salido quince putos minutos para poder hablar con central y al volver...

Una silueta se distinguió en medio del camino, Alicia en un primer momento tembló de terror, pero al ver quién era gritó emocionada.

—¡Para el coche García, para, es Martí! —gritaba al tiempo que saltaba del coche en dirección al joven.

—¡Espera, Alicia, espera, algo no va bien! —Pero ya era tarde porque ella ya se había abalanzado a sus brazos, o más bien a su brazo.

—Martí, amigo... —dijo García avanzando con cautela hacia él—. ¿Estás bien?

Martí seguía parado como una estatua en el centro del camino, aún con Alicia suspendida en su torso, y las luces cortas del coche iluminando parcialmente. Él estaba completamente congelado. De su brazo derecho colgaba flácida una extraña garra de dos puntas que parecían fusionarse con su antebrazo. García estaba a tan solo un paso de los dos con el arma desenfundada, pero apuntando hacia el suelo.

—¡Martín, soy yo, García! ¡Por favor, suelta eso!

Martí levantó lentamente la mirada para observar a su viejo amigo, pero sus ojos estaban inyectados en sangre, ojos de cazador, ojos de asesino.

—¡Jamás debisteis traicionarme de ese modo! —dijo Martí con voz sibilina.

La cara de Alicia se descompuso al oír a Martí, y de repente le sobrevino el mismo olor dulzón que sintió en cada uno de los ataques, el mismo de la guarida, el mismo que ahora la inundaba de terror al ver a Martí alzar su brazo y rajar en dos mitades al que era su amigo. García cayó al suelo casi partido en dos y sin tiempo para haber podido levantar siquiera el arma. Alicia se descolgó del monstruo y lo miró aterrada.

—Pero, pero... ¿qué has hecho, Martí?

Pero Martí estaba ya muy, muy lejos de allí. La observó y esbozó una gran sonrisa al ver que Alicia se había meado encima de puro pánico. Se agachó frente a ella sin dejar de sonreír, levantó su brazo derecho y susurró:

—¡Nunca debiste dejarme por él!

La luna regaba el claro con un fulgor de magia resplandeciente, y el imponente túmulo se alzaba victorioso entre los árboles que lo rodeaban al son que marcaban los herederos de la noche.

Hotel L'illa de la calma

De Óscar Millán Vivancos

UNO

El cliente bajó desaliñado, vestido con algo parecido a un pijama. Pasaban de las dos de la madrugada. Enseguida el conserje de noche supo que le iban a pedir alguna cosa. Nadie sale con esas pintas a la calle.

—Hola, buenas noches.

—*Sprechen Sie Deutsch?*[1]

—*Ja. Ein bisschen.*[2]

El alemán le comentó que tenía un problema con sus vecinos de habitación. Tenían la televisión a un volumen considerable y no le dejaban dormir.

El conserje preguntó por el número de su habitación y la de sus vecinos. «221» y «222». Llamó por teléfono a la habitación de la televisión molesta, la 222. Nadie respondía. El cliente desvelado le

[1] ¿Habla usted alemán?

[2] Sí, un poco.

comentó que se había asomado al balcón y no había visto a nadie sobre la cama. Y tampoco nadie gritaba ni hablaba en voz alta. Únicamente la televisión a alto volumen llevaba una hora, aproximadamente, molestándolo. El conserje indagó en uno de los ordenadores de recepción. Efectivamente, la habitación 222 estaba vacía desde la tarde anterior. El conserje hizo una copia de la tarjeta de la 222 e invitó a subir con él al cliente de la 221. Subieron en ascensor. Llegaron ante la 222, el recepcionista puso la tarjeta magnética ante el lector. Las luces de la habitación estaban apagadas ya que el cuarto estaba vacío y sin la misma tarjeta que abría la puerta insertada en una cajita con ranura que sobresalía de la pared no podía encenderse la luz. ¿Cómo era posible entonces que la enorme televisión de plasma estuviera encendida?

—Es un *poltergeist* sin importancia —el conserje de noche se hizo el gracioso en alemán, encogiéndose de hombros, tras apagar el televisor con un botón rojo de el mando a distancia apuntando hacia la lisa pantalla—. *Gute Nacht!*[3]

El de la 221 negó con la cabeza y se metió en su habitación sin decir nada.

El recepcionista nocturno bajó a su puesto pensando que desde que entró en el hotel, aparte de pequeñas alucinaciones producidas por el cansancio, eso era lo más raro que le había ocurrido allí.

—Tenemos un fantasma —dijo divertido al técnico a la mañana siguiente.

Explicó lo sucedido.

—Sí que se puede encender la televisión, aunque no haya luz, en algunas habitaciones.

---

[3] ¡Buenas noches!

—Vaya, hombre. Me hacía ilusión lo del fantasma... ¿Y se la pueden haber dejado encendida?

—No creo que haya sido así. Hay una función de despertador en el televisor que se puede programar, si se sabe. Posiblemente estaba programado estos días y no lo han desactivado. La tele se enciende para despertar al que lo ha programado.

—Ah... Vale... Misterio resuelto.

La noche siguiente el conserje tuvo libre. Al volver preguntó al sustituto. Este le contó que había vuelto a ocurrir. Esta vez el de la 221 había llamado enseguida por teléfono a la recepción para avisar. El sustituto subió a la 222 y pasando del control remoto dejó esta vez el aparato desenchufado.

—¿La has desenchufado? Bien. Entonces, como vuelva a encenderse esta noche... ¡Eso sí que será de miedo! —Los dos recepcionistas rieron juntos.

Aquella noche, sin embargo, no pasó nada especial. De todos modos ese tipo de cosas no asustaban realmente al conserje de noche, por muchos comentarios que hiciese al respecto. Le llamaban la atención y se las tomaba con humor.

DOS

No recordaba nada especial, es decir, nada paranormal, en los años que llevaba de recepcionista. Como mucho, algunas pequeñas alucinaciones alimentadas por su propia sugestión, aquellas jornadas en que llevaba sueño atrasado. Entraba en el comedor del hotel, vacío, de madrugada, y creía ver alguien comiendo a solas en alguna mesa lejana, del fondo. Pero cuando miraba hacia allí, extrañado, el ser inexistente desaparecía en el aire. Le daba esa explicación: «Llevo mucho sueño atrasado. Hace un par de días que casi no he dormido, es normal que acabe viendo cosas raras». Le gustaba escuchar la radio o podcasts, de noche, le hacían mucha compañía. Pero a veces, si el tema era el misterio o lo terrorífico, acababa pasándolo mal. Pero, realmente, aparte de borrachos por un tubo, que hasta te aparecían en paños menores, perdidos, buscando sus habitaciones, y gente a la que había que hacer callar porque molestaban a los que querían dormir, no pasaba nunca nada especial en esos hoteles turísticos. No eran aquel solitario motel de carretera de la película de Hitchcock. Tampoco era él Norman Bates. Todo tenía explicación. Pero a veces las puertas hacían ruido cuando él estaba a solas. Como si alguien diera golpecitos sobre ellas.

Desde pequeño había tenido a veces la sensación de que las cosas raras únicamente le ocurrían cuando estaba solo. Y luego, cuando venía alguien, ya todo era normal. Aparatos que no funcionan pero que en cuanto viene alguien funcionan con normalidad... Cuando lo intentas explicar nunca te toman en serio. La única explicación lógica es que no lo hacías bien tú. *No lo sabes usar, déjate de rollos.*

Y la cocina... La cocina era un mundo aparte. Las cocinas de los hoteles son enormes lugares siniestros, con multitud de ruiditos de las cámaras, la máquina de hielo, lucecitas del horno, que a veces dejan programado toda la noche. La maquinaria emplea gases diversos y los ruidos fantasmales son constantes. Hacía tiempo que no se permitía a sí mismo entrar ahí sin la linterna de su móvil alumbrando, para no coger miedo. Aquello era un mundo oscuro inmenso y enigmático, como un submarino. De día algo muy luminoso embaldosado de blanco. De madrugada toda una calle fantasma que te proporcionará más de un sobresalto, sí o sí. A veces sí que daba miedo, sobre todo cuando escuchaba podcasts o programas de radio sobre temas extraños. Entonces se sentía más receptivo y vulnerable que nunca.

Había trabajado en varios hoteles. Ya había visto de todo: gente colgada que te aparece en pelotas, o casi, delante de recepción; parejas que se pegan porque no les basta gritarse, no distinguen entre estar en casa y estar de viaje vacacional, la chusma es chusma siempre, aquí o allá; jóvenes ebrios que te aparecen con la cabeza abierta, sangrando, pidiendo ayuda; cucarachas; grillos veraniegos; ratones tímidos; ratas veloces; gatos que te piden comida maullando cada noche a la misma hora... Evidentemente, a diario, veía también decenas de personas de comportamiento *normal*, que pasados los días, no le solían dejar ningún recuerdo especial en el pensamiento.

Luego estaban las obsesiones. Eso de que cuando estás mal por algo te refugias en esas canciones antiguas melódicas que te alegraban el alma, como el «Hotel California» de los Eagles. Y después, por casualidad descubres que la canción hacía referencia a una secta satánica o algo así... Esa noche, cuando descubrió aquello, no tenía dónde meterse. Las paranoias funcionan así. Parece, de repente, que nada es casualidad, que todo se relaciona. Y se buscan tres pies a todos los gatos que se encuentran.

La verdad era que la noche le imponía cierto respeto. De pequeño había sido un niño más bien miedoso. Pero la crisis había tenido la culpa de todo. Había hecho un cursillo de esos del paro, durante casi un año, que preparaba a los estudiantes para trabajar en recepción en alojamientos. Es decir: estaba preparado para poder trabajar como un recepcionista normal. Pero en muchas ocasiones, la mayoría, los que entraban en turnos de día eran estudiantes de *turismo*. Nadie quería trabajar de noche. Así que en la academia donde había recibido la formación le habían recomendado que pusiera en su currículum que precisamente pedía el puesto de *conserje de noche*. Así tendría mucha más facilidad para encontrar trabajo. Muy poca gente, nadie, o casi nadie, solicita el puesto de conserje de noche. Nadie quiere trabajar en ese turno. Es el peor. Se descansa mal. Se está solo. No hablas con casi nadie, así que no es buena cosa de cara a la salud mental. Y, claro, cuando llevas un año largo en el paro ya sin cobrar ni paro ni ayuda alguna y no encuentras trabajo ni de friegaplatos, encontrar trabajo de conserje de noche fue para él todo un lujo. Ya vendrían tiempos mejores.

Por tanto, había tenido suerte al encontrar trabajo. Luego se acostumbró a ese turno. Era el más tranquilo. Pero también el más lento, el más aburrido, el que se hacía más largo. Por último, era el que dejaba más indefenso al trabajador: se hallaba completamente solo a la hora de resolver cualquier problema que pudiera surgir.

El sitio era impresionantemente bello, a la vez que sombrío. Literalmente se podría hablar de un hotel al lado de un precipicio. Era un hotel en una bella zona costera, que bordeaba un tan hermoso como peligroso acantilado. Claro, había una muralla protectora. Había ciertas protecciones, todo un protocolo de seguridad. La elegancia y el peligro iban cogidas de la mano en aquel extraño y pintoresco complejo turístico.

TRES

El recepcionista bostezó. Hacía un buen rato que había realizado la última ronda y el estado de tensión en el que le solía dejar el atravesar el comedor y la cocina ya se había disipado, dejando paso al aburrimiento y cansancio que predominaba en la recepción del hotel a tan altas horas de la madrugada. Miró el reloj del móvil. Eran las cuatro y cuarto, y hacía al menos dos horas que el último hospedado había regresado a su habitación (con claros síntomas de embriaguez). Por su experiencia sabía que era poco probable que algún cliente le reclamara, así que decidió tomarse un descanso y salir a tomar un poco el aire.

Estaba totalmente a solas haciendo el turno de noche. No había vigilante de seguridad ni jefe alguno que lo pudiera controlar, por lo que podía aprovechar para ir al *back office* a echar una cabezadita. Había una cámara y en la pantalla del ordenador podía ver si alguien entraba o salía. Dejaría la campanita sobre el mostrador del *front office* y si alguien quería algo de él bastaría con que la hiciera sonar. Así si no se hubiera despertado por el ruido que hiciera el cliente la campanilla haría el resto. Pero era un juego peligroso. Algún cliente que tuviera que pagar alguna factura de consumiciones, o incluso la estancia entera, podía aprovechar que no había nadie en recepción para hacer el *check-out* por su cuenta, yéndose sin pagar. Y le pegarían el toque a él. Realmente siempre se intentaba cobrar el alojamiento a los directos, los que no traían bono de agencia, a su llegada al hotel, para evitar problemas. Pero a veces ocurría algún despiste por parte de algún recepcionista y descubrían, tras el *check-in*, que algunos clientes habían entrado y debían pagar aún la estancia completa. Si la estancia era de varios días solía haber tiempo de avisarles y hacerles pagar, o bloquearles la entrada a la habitación en caso contrario. El peligro eran los clientes directos, de pago en el hotel, cuya estancia iba a ser de solo una noche. A estos había que cobrarles sí o sí a la llegada, porque si no, estos, de quererlo, lo tenían realmente más fácil que otros para irse sin pagar.

Salió a la entrada del hotel y encendió un cigarrillo. Quería dejarlo, pero era todo un compañero el tabaco en aquellas noches solitarias en que nadie le daba conversación. Veía el mar oscuro, algo movido aquella noche. Se imaginaba lo frías que estarían aquellas aguas. Alguna lucecita le decía que había algún pescador con su barca intentando atraer peces que capturar. Soltó una bocanada de humo. A él le gustaba pescar. Obtuvo la licencia un par de veces, caducaba a los dos años, y disfrutaba yéndose a las rocas a pescar, pero aquella compañera vegana de aquel hotel le había explicado lo cruel que era eso de dejar que los peces se asfixiaran extraídos de su medio natural... y nada. Ya no renovó aquella licencia nunca más. Una pena. Eso de pescar era muy relajante, pero ya su conciencia se lo impedía.

Decenas de cucarachas aparecieron cuando encendió la luz del vestuario de hombres... Nunca había visto tantas cucarachas cerca. Le recordaron un cortometraje antiguo, de terror de Stephen King. Pero no tenía claro si las temía, si le daban miedo o simplemente un asco atroz. Podían revolotear y posársele encima. Bufff. Empezó a hacer movimientos bruscos para que se fueran. No pensaba abrir su taquilla y cambiarse con toda aquella extraña e inquietante fauna por allá. Finalmente se fueron por los desagües del suelo por los que habían entrado. Al día siguiente uno de los técnicos del hotel le explicó que lo que pasaba es que el servicio municipal de limpieza estaba fumigando las calles, por la proliferación de cucarachas que suponía el comienzo del calor estival. Esto hacía que estos insectos, para sobrevivir, entrasen en todas las viviendas y locales que hallaran a su paso.

Renovando muebles de las habitaciones, descubrieron por casualidad que el dorso de los cajones de muchas habitaciones había sido utilizado como tablero de *oui-ja*. Las letras y números seguían escritos en ellos. Sospecharon que una gran secta había estado alojada en el hotel. Más cuando encontraron muñequitos *vudú* mal hechos, muy básicos y mal cosidos atravesados por agujas, enterrados en algunas de las macetas de los balcones. Eso tampoco atemorizó al conserje de noche.

Así hasta que una mañana una puerta no se abría. El cliente no se iba, no daba señales de vida, nunca mejor dicho. Finalmente, el personal de limpieza lo encontró atado y amordazado. Era un amasijo sanguinolento, como un queso de gruyer. Había sido torturado a gusto con un taladro. Por supuesto, ya estaba muerto. Frío como un queso en el frigorífico. Se pensó que se trataba de un ajuste de cuentas entre mafiosos del este. Eso tampoco dio miedo. Nadie se sentía en peligro. Y no produjo ni tristeza, realmente. No es indiferente la vida humana. Pero es difícil sentir algo por los desconocidos. Respecto al temor, ¿qué iba a tener contra los locales ninguna mafia extranjera? Si uno no andaba metido en rollos raros...

Ese mes los cadáveres se pusieron de moda. Llegaron algunos más, casi descompuestos ya, devorados por los peces. Los traía el agua. Eso tampoco atemorizó a nadie. Era extraño y horrible, eso sí.

Un siglo atrás, en Mallorca, en el mar se veían focas monje y cormoranes a mansalva, alguna tortuga, delfines, algún cachalote, alguna ballena... Eso contaba el Archiduque Lluís Salvador en su librito *Somnis d'estiu ran de mar*.

Ahora ya no se distinguía sobre el agua nada de vida, solo envases de plástico dispersos y algún cadáver.

CUATRO

Por lo demás, la isla en la que vivía el recepcionista mantenía un pulso curioso entre lo tradicional y lo actual. El último hombre-lobo que había sido visto había sido abatido a tiros en la Serra de Tramuntana por unos excursionistas franceses en abril de 2022. Se comenzaba a hablar de epidemia zombi en Inca y Manacor, lo cual podía llegar a ser grave dado el alto número de habitantes de dichas localidades. Además, había alguna constancia de colonias vampíricas en Sa Pobla, Puigpunyent y Ses Salines, e indicios de ritos satánicos con sacrificios animales (ovejas y gallinas) en Santa María, Betlem, Galilea y Porto Cristo. Respecto a las colonias vampíricas, se sospechaba su relación con la desaparición y muerte de algunos turistas alemanes. Siempre se había sospechado que los vampiros eran turismofóbicos. Les agobiaba toda masificación humana, sobre todo en verano, e intentaban regular, por sus medios tradicionales ya conocidos, tan salvajes como eficaces, la entrada descontrolada de seres humanos ruidosos, procedentes de países más fríos, que ya llegaban totalmente alcoholizados y liándola por el camino. Todos esos seres nocturnos provocaban el terror en muchos... En él no. Eran peligrosos, sí. Pero no los temía, aunque no sabía por qué. Tal vez sabría defenderse de un ataque así. Pero el auténtico terror, sin embargo, te lo podía provocar el objeto más absurdo. Esa era la realidad.

Los guiris británicos seguían protagonizando sucesos horrorosos en Magalluf, como era sabido. Pero, además, la peligrosa y sanguinaria mafia alemana seguía activa y haciendo de las suyas en la Playa de Palma y el Arenal. Hubo en el hotel una tal familia *Schneider* hospedada en tres habitaciones contiguas, en la misma planta, la 215, la 216 y la 217, aparte de una debajo, la 116 y otra sobre ellas, la 316. En definitiva, esos Schneider fueron algo numerosos, aparentemente varios matrimonios de diferentes edades. Resultó, curiosamente, que su identidad era falsa, según había explicado después la policía. Los Schneider estuvieron algo más de una semana en el edificio. La habitación que estaba justo en medio de las elegidas, la 216, nunca fue arreglada por el personal de limpieza: los huéspedes tuvieron puesto en todo momento el *No molesten* en la puerta. El caso es que se fue del hotel toda esa extraña, aunque simpática familia, dos días antes de lo previsto. Avisaron en recepción de que tenían un problema en Alemania y tenían que irse antes de tiempo, todos menos la 216. En teoría la 216, que seguía con su *No molesten*, se quedaba hasta el final. Pero fue pura simulación, se supo después que esta habitación había sido abandonada la primera de todas. Abandonada con varios fiambres en su interior: dos sobre las camas, con agujeros en la frente producidos por armas con silenciador y tres más, chorreantes de sangre, descuartizados y depositados en bolsas de basura repartidas por la habitación. Evidentemente habían escogido la habitación rodeada por las otras, para esos sacrificios de sus víctimas, en las plantas más bajas y ruidosas del hotel. Eso fue lo más bestia, lo más terrorífico, que había ocurrido desde que él trabajaba allí, aunque no sabía si le parecía más terrorífico esto o que todo ello fuera tratado con disimulo y discreción de cara a los demás huéspedes, a pesar de la notable presencia de policía científica y otros especialistas durante aquellos días. Y sin embargo, no tuvo miedo cuando se enteró de todo aquello. Lo cierto es que aquellos clientes, aunque le parecieron simpáticos, provocaban algo más, una sensación muy extraña. No le sorprendió, por cierto, el saber que había asesinos detrás de sus identidades falsas y tanta sonrisa. Su intuición ya le había insinuado algo parecido en su momento.

CINCO

La niña del cuadro del hotel sí que le daba miedo. Eso sí.

Cuando se quedaba solo, evitaba mirarla, para no volverse loco. Lo acababa obsesionando demasiado con su extraña, aunque majestuosa, apariencia. Tenía aquella menor de la pintura, que más parecía una fotografía, una mirada hipnótica.

Aquellos claros ojos azules eran lo que más le atemorizaba en cada turno de trabajo. Eran fríos y parecían muy atentos en la mirada del que los observaba, aunque sin sentimiento, empatía o expresión alguna. Tampoco había ningún atisbo de sonrisa en los labios de la niña. Su seriedad era inquietante.

Parecía el retrato de una princesa, o algo así. Llevaba muchas perlas en sus atuendos.

Una diadema con rodetes a los lados, que recordaban a la dama de Elche, aparecía recargadísima de perlas, tapándole parte de la cabeza. También eran de perlas los dos collares que adornaban su cuello. Cortinas rojas de terciopelo caían, desde arriba de la imagen, a los lados de ella. Una hermosa alfombra con bordados de flores ocupaba la zona inferior de la imagen, de lado a lado. Sobre la alfombra caían los interminables bajos del extraño y amplio vestido azul de la niña, sentada sobre el edredón rojizo y muy adornado con formas abstractas repetidas, que cubría una cama o un sofá, un mueble que no se distinguía demasiado bien. Curiosamente, al fondo de la imagen, en la penumbra, se veían utensilios de cocina, una olla amarillenta, girada boca abajo, reposando sobre la rejilla negra de estantería, donde escurrir. También se veían algunas hortalizas, de verdad o de plástico, en esa oscuridad representada en la imagen: cebollas, tal vez pimientos... Así pues, no sería lógico que se tratara de una princesa, pero tampoco de una campesina, tan lujosamente ataviada. ¿Sería una vampira de apariencia infantil?

Alrededor del vestido, como de talla adulta, cuyos pliegues sobrantes caían a sus pies sobre la alfombra, le daba la vuelta a la cintura de la niña un amplio y esponjoso cinturón de tela blanda de color marrón claro, tan brillante y de aspecto tan impecable como el resto de telas y ropajes que aparecían en el cuadro. También había una manta verde y doblada, aterciopelada y con un brillo generoso, radiante de belleza, junto al costado izquierdo de la aristócrata infantil.

Durante el día este enorme cuadro era el adorno más admirado del hotel por sus huéspedes. Durante las madrugadas esta era la imagen más esquivada por él. Os bastaría verla para entender el porqué. Os la he intentado describir con total precisión. ¿La imagináis? Esa púber maldita... Era de esas imágenes que, estuvieras donde estuvieras, te colocaras donde te colocaras, la miraras desde donde la miraras, parecía estar observándote siempre. Esto era lo que más le aterrorizaba a él y a los recepcionistas que cubrían el turno nocturno cuando lo sustituían, cuando tenía libre. Les atemorizaba más incluso que cualquier ritual satánico o asesinato a secas que pudiera haberse producido en la intimidad de una habitación cerrada. ¿Qué les importaba todo aquello que no veían? De aquello estaban a salvo, pero de la mirada de la pequeña del cuadro nunca lo estarían.

Olor a muerte

De Toni Sicilia

—¡Ah! Por fin despiertas.

Lo primero que vio Marc fue a un tipo afilando un cuchillo de carnicero. «Siiiic, saaaac, siiiic, saaaac». Se asustó, cómo no. Intentó moverse, entonces se dio cuenta que estaba atado a una silla.

—Tranquilo, tío, no vas a irte a ningún lado. —Sonrió.

El sonido de la piedra sobre el filo metálico atraía la atención de Marc. «Siiiic, saaaac, siiiic, saaaac». No podía dejar de mirar cómo se movía.

—No sé en qué estás pensando mientras hago esto, pero seguro que aciertas, después de todo eres un tío con mucha imaginación, a no ser que no hayas escrito ninguna de las novelas que llevan tu nombre como autor.

Marc echó una mirada alrededor, vio que estaba sentado en medio de una sala con las ventanas y puertas cerradas. Parecía abandonado. A un lado, un par de toneles de madera corrompida por el tiempo y un letrero con las palabras escritas: Vinos Bini. El resto estaba borrado. Todavía se sentía algo desorientado y la boca pastosa, como si hubiera dormido demasiado.

—¡No sé qué hago aquí, pero seguro que es una equivocación! —aseguró Marc.

—¡Hombre! Eso estaría bien, ¿eh? Que tú no seas Marc Estarellas, el famoso escritor de novelas de suspense y terror. Porque eres Marc Estarellas, ¿no? ¡A mí no me puedes engañar! —«Siiiic, saaaac, siic». Señaló a Marc con el cuchillo.

—¡Sí, sí, claro! Soy yo.

—Entonces no hay equivocación. «Siiiic, saaaac, siiiic, saaaac». Estás en el sitio correcto, en el momento correcto. Con la persona correcta.

—Oye, mira, no sé quién eres. No sé qué te puedo haber hecho, pero seguro que encontramos la forma de llegar a un arreglo.

—Por el arreglo no te preocupes, estás aquí para eso. En cuanto a lo que has hecho... «siiiic, saaaac, siiiic, saaaac». Mira, te lo voy a decir sin rodeos. «Siiiic, saaaac, siiiic, saaaac». Clarito, para que lo entiendas bien: ¡Eres un puto mentiroso! «Siiiic».

Marc se dio cuenta que la ausencia del sonido de afilado le ponía más nervioso. El silencio se adivinaba más peligroso.

—¿Qué? ¿Cómo? No entiendo.

—¡Quiero decir que todo lo que has escrito es una mentira!

—¡Hago novelas de ficción! Nada de lo que he escrito ha pasado en la realidad. ¡Todo es fruto de mi imaginación! ¡Claro que he mentido! Por Dios. ¡Todos los escritores mienten de alguna manera!

—No seas gilipollas, no me refiero a eso. Verás, un día, en una entrevista, cuando empezaste a hacerte famoso, dijiste que los buenos escritores solo escriben de lo que saben.

—No entiendo.

—¡Tío, tus personajes son psicópatas asesinos! ¿Tú qué sabes de la muerte? «¡Sic, sac, sic, sac!». Estuve investigando, sobre tu vida. ¡Eres un fraude! «¡Sic, sac, sic, sac!». Yo te tenía por lo más grande, el mejor escritor. He leído todas tus novelas, he ido a todas las presentaciones. «¡Sic, sac!». ¡Tengo tu firma y una dedicatoria en cada libro que he comprado! ¡¡Pero eres un puto fraude!!

Marc vio cómo el hombre se excitaba progresivamente después de cada frase, acabó a un palmo de su cara. Pudo oler su aliento, café. Unas gotas de saliva mancharon su rostro. Marc, aterrado, orinó.

«¡Sic, sac, sic, sac!». El hombre dio vueltas alrededor de Marc. «¡Sic, sac, sic, sac!». Se fue calmando.

—Confiaba en ti. «Siiiic, saaaac, siiiic, saaaac». Te apreciaba de verdad. Cada novela nueva, releía primero las anteriores para disfrutar de tu evolución como escritor. ¡Qué historias! ¡Qué personajes! «Siiiic». Me he traído todas tus novelas. Ahora verás.

Marc tuvo al otro de espaldas cuando este se acercó a un montón de libros en el suelo, los había visto antes, pero no les dio ninguna importancia. Se puso a llorar, no entendía esa locura, no creía merecerlo.

—*La casa roja*. ¿Te acuerdas de esta? Qué cosas tengo. ¡Cómo no te vas a acordar si la has escrito tú! —Se dio la vuelta con el libro en la mano. La piedra de afilar quedó junto al resto de libros—. Te voy a leer un trozo, lo tengo aquí señalado. Presta atención.

Sujetó el libro abierto con una sola mano. Leyó:

—Es todo tan rojo... ¡No sé qué decir, Iván! La verdad, no me convence.

Ya cedió cuando compraron la casa en Artà, aunque a ella le parecía demasiado lejos de todo. Mariluz se dio la vuelta y puso los brazos sobre los hombros de su novio, sin llegar a ser un abrazo.

—¡Caray! Pensé que te gustaría, es tu color favorito.

—Ya, cielito, pero es que es mucho rojo. ¡Casi toda la casa está de rojo! Lo encuentro estresante. ¿No lo encuentras estresante? A mí me lo parece.

—No, mi amor, todo lo contrario. Es tu color, tienes varios vestidos rojos, blusas, un pantalón, un bañador... esta casa me recuerda a ti. Me relaja.

Mariluz se separó de su novio y se acercó a una de las paredes.

—¿Y esta pintura? ¿Qué clase de pintura es? —Pasó un dedo por la superficie y se lo enseñó manchado.

—Mi amor, no es pintura.

—Ah, ¿no?

—No, Mariluz, y la casa no está acabada de pintar, solo falta un detalle para que sea perfecta.

Marc sacó un enorme cuchillo de una bolsa de deporte que colgaba de su hombro.

—Cielito, ¿qué haces?

En pocos segundos las paredes terminaron de teñirse de rojo, como Marc había deseado desde un principio. Las víctimas con las que untó las paredes no habían sido suficientes, encumbró el trabajo con lo más preciado para él, así aseguraba que tendría a Mariluz para siempre.

—¡Maravilloso! Qué prosa más sublime, ¡pero una mentira! —El libro voló hasta chocar con la pared más lejana—. Esto no acaba aquí.

Volvió a darse la vuelta para coger un nuevo volumen. Marc no paraba de llorar, las lágrimas resbalaban por las mejillas y los mocos por la comisura de los labios. La congoja se había apoderado de él, le faltaban palabras para intentar hacer entrar en razón a ese individuo.

—¡El siguiente! *Autoestima.*

Hizo igual que con el libro anterior, de pie frente a Marc.

Una vez más, como tantas veces anteriores, el hercúleo Fabián cogió a su víctima por el cuello. Los músculos fibrosos, fortalecidos con horas de gimnasio, se marcaron sobremanera al hacer presión con las manos. Roberto abrió los ojos, asustado, cuando notó que se le cortaba la respiración.

Fabián casi sintió lástima, ¿pero qué podía hacer? ¡Necesitaba hacerlo! De niño, su padre se lo inculcó con grandes palizas, ¡Debía ser el mejor! ¡El más fuerte! ¡El mayor hijoputa de todos! Los golpes solo lograban lo contrario, empequeñecían su alma, y cuanto más disminuía, más palos recibía de su amado progenitor. Pasaron los años hasta que encontró la forma de sentir esa superioridad que tanto se le exigió a lo largo de su vida. Fue al gimnasio principal de Magalluf, logró levantar las pesas más grandes hasta conseguir el cuerpo de un titán, no solo en imagen, también en fortaleza.

—¡Mírame, cabrón! ¿Quién es el más fuerte? ¡¡Quién!!

El sonido grave de las cervicales fue la respuesta que deseaba oír. Se sintió satisfecho, un ser superior. Un dios.

—¡Ah! Lo que llegué a llorar con Fabián. ¡Qué personaje tan bien construido! ¡Cuánta tragedia en su historia! —El libro voló.

Una vez más, volvió a darse la vuelta para coger una tercera novela, repitiéndolo todo paso por paso. Mientras, Marc, de inconsolable humor, asustado como nunca creyó poder estar, se recreó en la idea de poder escapar y movió las manos atadas a la espalda para aflojar el nudo.

—*La carcajada.*

Los espectadores reían, el circo, ubicado en Son Fusteret, Palma, vibraba cada vez que Lelo estaba a punto de caer de la cuerda floja.

—¡Cuidado, Lelo!, ¡ya sabes que si te caes te quedarás mudo para toda la vida! —gritó el compañero de pista, pero Lelo ya era mudo de nacimiento.

Los hilarantes espectadores se retorcían en sus asientos. La bocina de Lelo desternillaba de risa a todos los presentes. Con toda justicia este era considerado el mejor espectáculo circense del último siglo. De principio a fin, nadie que lo viera podía parar de reír.

La representación llegaba a su fin cuando Lelo alcanzaba el otro extremo de la cuerda, alzaba los brazos a modo de triunfo y tiraba de la palanca que se suponía le haría hablar. Se hizo el silencio. No pareció ocurrir nada, todos los que le veían estaban expectantes, incluidos sus compañeros de circo. Estos últimos sabían que el final de la actuación iba a ser diferente a las anteriores, Lelo preparó en secreto una novedad que aseguró al director que sería la risa más loca para todo el mundo.

Lelo volvió a tirar de la palanca. Se generaron varios sonidos mecánicos en toda la sala, algo iba a acontecer, estaban todos mudos, esperando para la gran risa final. Lelo, al alzar los brazos, apareció junto a él, salido del suelo con un fogonazo, una bandera como las utilizadas para dar inicio a las carreras de fórmula uno. Entonces, una guadaña gigante atravesó toda la sala, cercenando la cabeza de todas las personas que veían el espectáculo desde las gradas.

—¡Ja!
Una sola carcajada.

—De premio. ¡Pero una mentira! —La novela cayó de su mano, sin fuerza, a sus pies—. Si al menos hubieras estado en el ejército. ¡En alguna cochina guerra! Nunca has matado a nadie, nunca has visto morir a nadie. Por eso estás aquí, te voy a regalar el conocimiento que te falta. Te voy a enseñar cómo es la muerte. La vas a poder oler. Vas a completar tus obras.

—¿Por qué? ¡No hace falta! ¡Ya he entendido lo que quieres enseñarme!

Marc entraba en pánico, deseaba volver a escuchar el metal sobre la piedra.

—Para nada.

Se acercó a Marc, se inclinó para mirarlo de frente. Adelantó la mano con la punta del cuchillo por delante hasta tocar el cuerpo.

—¡¡No, no!! ¡No lo hagas, por favor! ¡Dios mío! ¡¡Para!! Déjame ir, no diré nada. ¡Te lo prometo! Nadie sabrá lo que ha ocurrido aquí, ¡de verdad!

La punta se hundió entre las costillas.

—¡Para, por favor! ¡Te lo suplico! ¡No quiero morir, por el amor de Dios! ¡No he hecho nada malo, hostias!

Un poco más adentro.

El histerismo de Marc llegó al límite, perdió la cabeza, dejó de tener control sobre lo que decía. Insultos, súplicas, incoherencias.

—Mira esto, no puedo seguir clavando el cuchillo, las costillas lo atascan. Tendré que hacer más fuerza. ¿Lo tendrás en cuenta en tu próxima novela? —Apretó, la hoja solo se hundió unos milímetros más, apenas nada. —Ya te he dicho, atascado. Lo intentaremos de otra manera. —Sujetando el mango con fuerza con una mano, con el puño de la otra golpeó en el extremo repetidas veces. El cuchillo fue entrando golpe a golpe—. ¡Joder, tío, cómo gritas! Puedes hacerlo tranquilo, nadie te va a oír. Estamos a las afueras del pueblo, nadie de Binissalem se acerca por aquí. Si alguno viniera, entonces olerá a muerto, pero solo si logra entrar.

Un último martillazo con el puño introdujo toda la hoja de acero hasta la empuñadura. Dio unos pasos hacia atrás y observó. Marc ya no gritaba, pero gimoteaba con fuerza, sangraba por la boca y le costaba respirar. Dedujo que el pulmón estaba atravesado de lado a lado. Esperó.

—Cuesta morirse, ¿eh? En la vida real no es tan fácil matar a una persona como en las películas o en tus mierdas de novelas, el cuerpo humano tiene una capacidad de resistencia enorme. Bueno, si das con el punto conveniente la muerte es instantánea, eso sí es cierto. No va a ser tu caso, has de saborear la muerte. Creo que se te va a encharcar el pulmón. Morirás asfixiado por tu propia sangre. Vale, pues lo dicho: aprende la jodida lección, hijo puta.

Con paso tranquilo, sin prisas, se dirigió a la entrada. De camino, pateó la pila de libros que quedaron sin leer. Luego desapareció al cerrar la puerta. Del otro lado se escuchó cómo colocaba cadenas y un candado.

Luego, dentro, solo el gorjeo al intentar respirar. Pasaron los minutos y el pecho cada vez le dolía más, y le costaba más respirar, hasta que dejó de hacerlo. La sangre obturando la garganta impedía el paso del aire. Todavía tenía la esperanza de que se abriera la puerta y alguien le rescatara. La miró con insistencia, pero nada de eso ocurrió. Olió la muerte, su muerte. Apestaba. Y pensó: *Qué gran bestseller se pierde el mundo.*

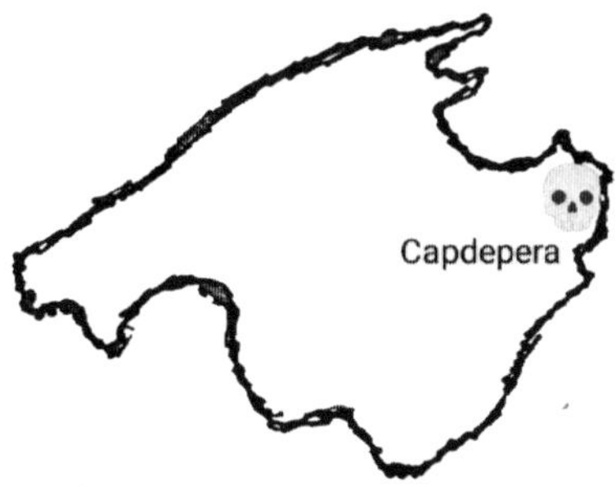

Muerte por chocolate

De Joan Cabalgante Guasp

Aún no habían dado las cinco en el reloj de pared de casa de la tía Leonor cuando Enrique Garmendia decidió que el arma sería un pastel. Él no era muy buen cocinero, pero puestos a elegir su manera de matar sería la más elegante de todas. Se puso la gorra, el delantal y se enfundó en unos guantes de cocina. La receta la había aprendido de una tía suya, que sabía perfectamente en qué punto de cocción se fundía el chocolate, luego el cianuro haría el resto.

El sol caía para entibiar la tarde y Garmendia todavía no había salido del trabajo. Las horas después las pasaba en el restaurante El Dorado, junto a Olivia, quien esa tarde parecía que tenía el rojo carmín de los labios más intenso que de costumbre. Era un rojo como la sangre, como la vida misma que latía fulgurante entre sus muslos. Garmendia lo sabía y se aproximó a ella para besarla, justo en el mismo instante en que sonó una sirena y entraron en el local unos encapuchados.

—¡Que nadie se mueva un pelo o lo coseré a balazos! —dijo el más corpulento de los tres, mientras cargaba su recortada con una sola mano.

Garmendia nunca había vivido una situación como aquella. De repente se acordó de que llevaba el trozo de pastel en la bolsa y lo puso sobre la mesa. Olivia había cristalizado la mirada que sostenía con afectación sobre los ojos de Enrique. De repente, otro de los encapuchados, delgadito y con aspecto de estar tremendamente nervioso, empezó a caminar arriba y abajo por el local, sacó al camarero de detrás de la barra y registró la caja, abriendo otra bolsa y poniendo todo el dinero que había dentro de ella. Después, el tercero en discordia, uno más bajito y de tez morena, se acercó a la mesa de Enrique y ojeó el trozo de pastel.

—¡Para luego! —dijo, y se lo puso en el bolsillo de la chaqueta de cuero.

En las mesas restantes, los clientes permanecían acurrucados a la expectativa, temerosos, sin saber muy bien cómo sería el desenlace de aquella situación.

El de la chaqueta de cuero aún no se había marchado de la mesa de Enrique cuando dijo:

—¡Ei, vosotros dos, venid conmigo!

Olivia y Enrique se miraron, cuando el más corpulento cogió a la chica del brazo y se la llevó a la furgoneta negra que los estaba esperando afuera con el motor en marcha. Enrique la siguió amenazado por el de tez morena. Ambos entraron por la puerta trasera del furgón.

—Arranca de una vez —dijo el más pequeño.

Aunque se había perdido bastante visibilidad, por una de las rendijas de la furgoneta Enrique pudo seguir el trayecto que realizaba el auto: subió por es carrer des Port para adentrarse hacia can Patilla. También había reconocido un paso de peatones y una tienda de zapatos en la que solía comprar Olivia. De repente el auto paró y de él bajaron ambos a trompicones, empujados por los dos gorilas que los acompañaban.

—¡Venga, salid de ahí!

Después de que la puerta de un edificio se abriera, bajaron unas escaleras y entraron en una habitación y los sentaron en una silla. Acto seguido les quitaron la venda que les tapaba los ojos. Nadie decía nada, los tuvieron así más de una hora. Fue en ese mismo momento, cuando el más bajito se sacó el trozo de pastel que les había hurtado en la cafetería. Ambos se miraron, pero solo Enrique sabía que allí dentro se escondía la pócima mortal que acabaría con la vida del guardián. Y así fue: después del segundo bocado, el único vigilante que había quedado con ellos cayó seco al suelo tras haber ingerido el dulce postre mortal. Posteriormente, los dos pudieron deshacerse de los nudos que les ataban y corrieron hacia las escaleras para abrir la puerta exterior que les dejaría en la calle.

Acto seguido, corrieron hacia la plaza des Sitjar de Capdepera y sabían que no podrían decir nada a la policía, de hecho no podrían decir nada a nadie. Cuando el resto de ladrones llegó a la habitación vieron las cuerdas cortadas y al colega criando malvas en postura medio acurrucada.

—¡Hay que ir a buscarlos! —ordenó el más alto.

Pero Enrique y Olivia ya estaban muy lejos de allí. Y aquello que había empezado siendo un plan para acabar con alguien fue lo que les salvó la vida.

Polita

De Toni Sicilia

Hace mucho tiempo, cuando era niño, influenciado por los cómics de superhéroes, me creía yo uno de esos: El niño de los 100 nombres. En mi carnet de identidad era Gabriel. Mi familia me llamaba Bielito, mis amigos, Biel. También hubo quien me llamó Gabri, o sencillamente G. Era algo que me encantaba y por ello me convertí en dicho superhéroe. Mi superpoder era, como no, cambiar de nombre. Aun manteniendo el mismo aspecto, al ser Gabi, Biel, o Gabriel, nadie era capaz de relacionar todos esos nombres con la misma persona. Era el superpoder perfecto para combatir el crimen como el mejor de los investigadores infiltrados de la policía o un reconocido espía a lo 007. Ah, cosas de infancia.

De todas formas, esto no viene a cuento de nada de lo que quiero explicar verdaderamente en este documento. Ahora, con el tiempo, los hechos que voy a dejar aquí escritos los veo difusos, sin la convicción de haber sido verdaderos o la fantasía de ese pequeño superhéroe de 12 años. Tras una experiencia tan perturbadora, sufrí de insomnio muchas noches seguidas. Quien lea estas líneas puede imaginar, y acertará si lo hace, que desde entonces no he vuelto a pisar el lugar de los hechos. Empezaré desde el principio, o desde donde yo creo que dio comienzo.

—Patri, ¿has cogido las llaves de casa?

Ese era mi padre, hace unos cuantos años, el día del inicio de todo.

—¡Uy! No, mi amor. Las dejé en la bandeja del recibidor.

Mi madre, mi hermanito en el cochecito, una gran maleta de viaje, yo aguantando la puerta del ascensor. Era un tercer piso.

—¿Qué? ¡Sí, aquí están! Pues ya lo tenemos todo, podemos bajar.

Fuimos un poco apretados entre el carrito de Tomás y la enorme maleta, pero llegamos bien a la salida del edificio. Fuera nos esperaba un taxi. El conductor, muy amable, ayudó a entrar en el portaequipajes de atrás todos nuestros cachivaches. Nos llevó hasta la estación de tren en la Plaza de España de Palma, la ciudad de Mallorca donde vivíamos. Estábamos los tres emocionados, Tomás era demasiado pequeño para saber lo que ocurría, nos íbamos de vacaciones una semana entera a Biniamar, pedanía del ayuntamiento de Selva. Un primo de mi padre nos prestó una casa en ese pequeño pueblo cercano a la montaña.

Cuando llegamos a la estación subterránea, Intermodal, vimos que faltaban veinte minutos para que saliera el tren de Inca, el nuestro. Mis padres resoplaron no muy contentos.

—¡Qué tontos! Si hubiésemos mirado el horario del tren, podríamos haber llegado más tarde y así no esperábamos tanto.

—¡Uy! Claro, si es que no hemos pensado que hoy es sábado y cambian la frecuencia. Hay menos trenes de lo normal.

—Ah. ¿Y no era mejor coger el coche? —pregunté, al verlos disgustados.

—Sí, Bielito, pero tu padre y yo no tenemos ganas de conducir, preocuparnos por la gasolina o de tener que andar buscando sitio donde aparcar.

—Solo es una semana, hijo. Adiós oficina, adiós almacén, adiós colegio. Adiós todo. Un poco de tranquilidad y de nosotros solos.

—Sí, mi amor.

Del disgusto pasaron a un estado de satisfacción de forma instantánea. Se besaron, *un piquito*, que decían ellos, pero siempre sospeché que cuando yo no los veía hacían algo más. Escuché a Tomás y me asomé al cochecito.

—Ah. Tomás se ha despertado.

—¡Uy! Míralo, justo a tiempo para ver llegar el tren, cuando llegue de aquí a una eternidad.

Mi madre lo cogió en brazos, mi padre le besó en la frente y yo cogí su manita. Yo estaba fascinado por tener un hermanito, un bebé al que quería más que a nada en el mundo. El día que lo vi en el hospital, mi madre, sentada en la cama, lo sostenía en brazos, envuelto en una manta de su medida. Solo se le veía la carita arrugada. Algo que no sé explicar recorrió todo mi cuerpo, llegó a mis ojos y los inundó de lágrimas. Sentí que ese bebé era algo mío, algo que me hizo feliz a mí, también a mis padres, a mis abuelos, a mis tíos y primos, más tarde a los vecinos y los amigos que pasaron a felicitarnos por el nuevo miembro en la familia. Fue algo bueno.

Cuando por fin llegó el tren, nos acomodamos dentro y se puso en marcha, yo no cabía de emoción. Mis padres hablaban de los pormenores de las vacaciones: *Que si hay que invitar a cenar a Rodri y a Marta por prestarles la casa, que si llevamos suficiente ropa, que si traemos las tarjetas de crédito, que si esto, que si...* ¡Un montón de cosas! Yo solo miraba por la ventana, viendo pasar las casas, asombrado con las montañas de fondo. Era un día de temperatura agradable, soleado, el final de la primavera o el principio del verano, no lo tenía muy claro.

Nos apeamos en Lloseta, un pueblo no muy grande. Lo atravesamos a pie hacia la salida, sentido a Inca, antes de llegar al final nos desviamos para luego torcer por un camino vecinal asfaltado, paralelo a la carretera que conducía a Biniamar, nuestro destino. En veinte minutos estuvimos en la diminuta población. Pasamos junto a una iglesia a medio construir, después la iglesia de Santa Tecla, en la Plaza mayor, que a mí me pareció una plaza minúscula. Seguimos andando por la calle principal, hacia la izquierda. En menos de cinco minutos tomamos la siguiente plaza hacia una calle a mano derecha, una de las salidas de la población. Nos plantamos en la penúltima casa de ese extremo del pueblo.

Mientras mi padre abría la puerta principal, yo observaba cada casa, muy pintorescas todas, típicamente revestidas de piedra natural, con persianas mallorquinas en cada ventana. Tras la última casa, la calle continuaba casi cien metros hasta el pie de una escalinata, el pavimento se dividía en ese punto hacia los lados, la vegetación impedía ver más allá. Me pareció curioso, despertando mi interés.

—¿Qué hay allí?

Noté un cruce de miradas sospechoso entre mis padres.

—Nada, Bielito. Ahí acaba la carretera —contestó mi madre.

—Ah. ¿Pero y esas escaleras?

—¡Uy! Pues no sé, hijo. Está fuera del pueblo, no debe ser nada interesante.

Había un tono de incomodidad en mi madre, como cuando elude un tema del que no quiere dar información. A veces lo hacen mis padres cuando pregunto por el sexo, por política o cómo funciona una terminal termonuclear. Mi padre la sacó del apuro.

—¡Todos adentro! ¡Bienvenidos a casa!

—¿Puedo ir a ver qué hay allí?

—¡Ahora no, Bielito! —dijo con severidad, mi padre. Luego, más suave—: Tu madre y yo tenemos que sacar la ropa de las maletas antes de que quede arrugada y tú tienes que ocuparte de Tomás hasta que terminemos.

Lo acepté con naturalidad, me gustaba ocuparme de Tomás. Antes de entrar eché otro vistazo allí al fondo, vi una niña de pie en el primer escalón mirando hacia nosotros. Alzó la mano y saludó. Yo hice lo mismo.

—Qué. ¿A quién saludas?

Me encogí de hombros, expresando una negativa. Acabábamos de llegar a Biniamar, ¿cómo iba a saber quién era?

Pasó una hora. Yo miraba videos en el móvil mientras Tomás dormía. La verdad es que tenía picada la curiosidad y con ganas de explorar. Cuando se lo pedí, supongo que me dejaron ir porque a mis padres no les gustaba que estuviera mucho tiempo mirando cosas con el teléfono, la tele o la videoconsola.

—Vale, pero no salgas del pueblo. —Con eso, mi madre cortó los planes que tenía previstos.

Salí a la calle. La niña ya no estaba al fondo, en las escaleras. Oí algo en el patio lateral de los vecinos de enfrente, ninguna puerta impedía el paso. Fui a mirar y vi a un niño, quizá un año mayor que yo. Jugaba con unos coches sobre la tierra, los hacía rodar por unos caminos escarbados a la medida de los juguetes. En el poyete del muro de piedra seca que cercaba aquel jardín lateral, la misma niña que me saludó antes. Me observaba. Al sonreír se le formaban unos hoyuelos encantadores en las mejillas.

—¡Uep! ¿Tú quién eres? —me preguntó el niño así como puse un pie dentro. Un mallorquín de acento cerrado.

—Ah. Acabo de llegar con mi familia. Estamos de vacaciones.

—¡Qué bien! Me llamo Marc. ¿Y tú?

—Bielet. —No contesté yo, fue la niña del poyete.

—Bielet —confirmé.

Me gustó el nombre, nadie me había llamado así hasta ese momento. Un nombre más para mis muchas personalidades de superhéroe. Ni siquiera me cuestioné cómo la niña lo sabía.

—¿Quieres jugar conmigo? —preguntó el otro—. Coge un coche y hacemos unas carreras.

Acepté, cómo no. Estuvimos jugando un buen rato, tanto que se me fue la cabeza y no me di cuenta del tiempo que pasó hasta que la voz de una mujer dentro de la casa llamó a Marc para comer. Antes de que el niño contestara, la niña se levantó y se acercó a él. Le susurró algo en la oreja que no fui capaz de escuchar.

—¡Estamos jugando, mamá! —gritó Marc, enfadado.

—Me da lo mismo. Ven ya, que la comida se enfría.

La niña volvió a susurrar algo.

—¡Joder, siempre me cortas el rollo!

Ante el grito malsonante de Marc, la mujer asomó por la puerta con los brazos en jarras.

—¿Te parece que esa es la forma de hablarle a tu madre? ¡Venga adentro!

Marc hizo caso, se levantó para entrar. La niña se adelantó y le susurró algo a la mujer. Cuando el niño pasó por el lado, se llevó un capón de la madre que hasta me dolió a mí. Se introdujeron en la casa. La niña volvió a mirarme antes de ir tras ellos, parecía haberse divertido con la pelea. Se cerró la puerta y yo regresé con mi familia.

—¡Uy! Justo a tiempo. Vamos a comer un *pa amb oli*. ¿Quieres el pan torrado?

Cómo no, me encantaba el pan tostado.

—Qué, ¿ya conoces el pueblo? —preguntó mi padre, cuando nos sentamos a la mesa y nos pusimos a comer.

—No, solo he ido a casa de los vecinos.

—¿Qué vecinos?

—Los de enfrente. Tienen dos hijos más o menos de mi edad, Marc y una niña que no sé cómo se llama.

—¡Qué bien, así tendrás con quien jugar estos días!

Después de comer, fuimos los cuatro a dar un paseo, corto, porque el pueblo no daba para más. Nos paramos en la terraza del bar de la plaza Quintana. Me dejaron beber un refresco de *pinya*, era lo bueno de estar de vacaciones, me dejaban beber algo más que agua y leche. Después, antes de la hora de cenar, me dejaron salir solo otra vez. Troté hasta el patio de los vecinos, ya era prácticamente de noche. Solo vi a la niña, Marc estaba dentro, se le oía discutir con sus padres. Ella no parecía preocuparse por ello. Estaba sentada en el mismo poyete.

—Hola, Bielet.

—Hola.

Era una niña muy guapa, debía ser un año menor que yo. Tenía el cabello rubio, de ese rubio que se oscurece cuando te haces mayor. Su sonrisa me hipnotizaba, debía esforzarme en apartar la vista de esos hoyuelos. No me atreví a sentarme a su lado, así que me quedé de pie.

—¿Qué haces aquí sola?

—Nada. ¿Y tú, qué haces aquí?

—Venía a jugar con Marc. Ah, bueno, y contigo.

—¡Qué bien! ¿A qué quieres jugar?

—Ah. Bueno, no sé. —La verdad es que no sabía a qué jugar con una niña. ¿Al escondite? — Esta mañana te vi en las escaleras del final de la calle. ¿Qué hay allí?

—Las de la entrada al cementerio. —Me entró un escalofrío—. ¿Quieres que vayamos a verlo?

—Ah. ¿Ahora de noche?

—Sí. No tendrás miedo, ¿verdad?

—Ah. No, no. ¿Yo, miedo? ¡Qué va! Yo no tengo miedo. —Era pura fachada, la verdad es que solo pensarlo, se me ponía la piel de gallina.

—Pues vamos.

Se levantó y se dirigió a la salida.

—¡Espera! —Lo hizo. Se dio la vuelta, sonriente—. Mis padres no quieren que salga del pueblo.

—No te preocupes, Bielet, el cementerio es parte del pueblo.

—Ah, claro. Oye, ¿cómo te llamas?

—Polita.

—Vale, Polita, ¿y si lo dejamos para otro día? Mis padres deben estar a punto de llamarme para ir a cenar.

—No te preocupes, Bielet, el cementerio está a cinco minutos de aquí, oirás a tus padres cuando te llamen y podrás regresar corriendo.

—Ah, vale. Sí. Supongo que tienes razón, pero es mejor ir con más tiempo, además, ahora de noche no se verá nada.

Justo en ese momento sonó la voz de mi madre llamándome. Salvado por los pelos.

—¿Ves lo que te decía?

—Sí, ya veo.

—Mañana nos vemos, ¿no?

—Sí.

Polita dio media vuelta y esperé a que entrara en su casa antes de volver con mi familia.

Esa noche se pudo oír a los vecinos discutir, hubo cristales rotos y unos quejidos. Sufrí pensando que podrían haber pegado a Polita. ¡Qué niña más fascinante! Con sus deportivas blancas y las medias hasta las rodillas, la falda negra y su camiseta de tirantes gris. Era muy pálida de piel, destacaba en las sombras. No hablé de ella a mis padres hasta el día siguiente.

Por la mañana, la familia entera salimos a tomar el sol a la terraza del bar en la plaza, allí desayunamos unas ensaimadas. A mis padres se les veía contentísimos por la tranquilidad que se respiraba en Biniamar, justo lo que andaban buscando, el único inconveniente provenía de los vecinos, parecía que no paraban de discutir. Era domingo, las clases habían acabado esa misma semana y yo había conocido a Polita, mi nueva amiga. Magnífico.

—Hice una visita a los vecinos para saludar. Tú ya los conoces, ¿Verdad? —preguntó mi madre, antes de sorber de la taza de café que tenía entre las manos.

—Sí. Bueno, a Polita y a Marc. A la madre solo la vi un momento, ayer. —Yo estaba relamiendo el azúcar de la ensaimada pegada en los dedos.

—¿Polita?

—Sí, la niña.

—Uy, pues solo vi al hijo. Bueno, el padre tampoco apareció. Quizá estaban haciendo algún recado.

—Esta mañana vi al padre salir solo —dijo mi padre—. Llevaba puesto un mono de obrero, supongo que iría a trabajar.

—No creo que se haya llevado a la niña a una obra. ¿Cómo has dicho que se llama, Polita? Seguramente estaba en otro lado de la casa y por eso no la vi.

Así quedó el asunto. Luego, después del desayuno, me dejaron ir a ver a nuestros vecinos. Encontré a Marc jugando en la tierra con unas canicas. Polita estaba sentada en el poyete, sonrió en cuanto me vio.

—Hola, Bielet. —Me parecía maravilloso que me llamara así, ella me daba mi nuevo poder.

—Hola.

Marc se puso de pie al darse cuenta de que había entrado en el patio.

—¡Ei, hola! Llegas a tiempo para jugar a las canicas. ¿Sabes jugar a las canicas? Es que los *llonguets* sois un poco raritos, hay muchos juegos que no conocéis. —Los *llonguets* éramos los de Palma.

Polita se acercó a mi oreja y me susurró:

—Este es tonto. ¿Vas a dejar que se ría de ti?

Solo entonces me di cuenta de la ofensa de Marc. Un calor recorrió mi cuerpo de forma explosiva hasta notar la presión en la cabeza.

—¡Claro que sé jugar con canicas!

—¡Ei! Vale, vale.

Eso fue todo, nos lo pasamos jugando un buen rato. Como mis canicas las tenía en casa, en Palma, Marc me ofreció las suyas. Me negué a comprarlas, primero porque no tenía dinero y segundo porque las vendía demasiado caras. Al final me prestó una que pude elegir de la bolsa de cuero donde las guardaba. Polita estuvo observando sin moverse del poyete, yo de vez en cuando la miraba y reíamos.

—Deja de hacer eso, pareces tonto —me comentó Marc, cuando sonreí por última vez a Polita. No entendí que se lo tomara así, pero era su hermana, qué podía decir yo.

Al cabo de un rato, un nuevo cabreo se produjo cuando la madre de los dos niños llamó a Marc para hacer un recado. Polita se acercó a él y le susurró algo al oído, igual que hizo el día anterior.

—¡Joder, estoy jugando, mamá!

—¡A ver cómo me hablas, Marc, que me cabreo!

Polita volvió a susurrar algo y corrió dentro de casa.

—¡No me da la gana ir!

—¡¿Cómo dices, Marc?! ¡Ya te has ganado una torta, y si no vienes ahora mismo, te dejo el culo como un tomate!

Resignado, Marc entró de mala gana en la casa. Dentro hubo una seria discusión entre madre e hijo, saldándose con un par de sonoros bofetones. Yo me había quedado en el patio por curiosidad, así que vi a Polita salir cuando Marc se marchó por otra puerta a hacer el recado.

—¿Vamos a tu casa?

Acepté, a esa hermosa sonrisa de hoyuelos no le podía negar nada. Fuimos a mi casa y entramos. Mis padres estaban en la cocina, Tomás descansaba en su cuna, puesta en la sala principal.

—Mira, este es mi hermanito, Tomás. —Me acerqué con cuidado y le di un beso en el moflete sin despertarlo—. Ven.

Entramos en la cocina.

—Hola papá, hola mamá. Traigo a Polita.

Mis padres me saludaron, se miraron. Hubo entre ellos esa expresión de complicidad, parecía que se leyeran el pensamiento, siempre de acuerdo en todo aunque no lo hablasen antes.

—Qué, ¿Polita también es una superheroína? ¿Es Superchica? ¿La Nena maravillosa? ¡No! Espera, lo adivino: ¡la Niña invisible!

Miré inseguro a Polita, todavía no la había introducido en mi juego. Solo yo jugaba a ser un superhéroe y mis padres eran mis «confidentes». A ellos se lo contaba todo, pero su participación en el juego no iba más allá de eso, de conocer mis diferentes nombres.

—Ella ha hecho que tenga un nuevo poder —confesé, orgulloso de ser más poderoso—: Bielet.

—¡Uy! Me gusta, suena bien. Bielet. Muy mallorquín. ¿Y cuántos platos de arroz se va a comer este superhéroe?

¡Arroz! Olí entonces lo que se estaba cociendo en el fogón, uno de mis platos favoritos. Me relamí y contesté:

—¡Todos!

Nos reímos.

Entonces sonó el lloriqueo de Tomás en el salón. Polita, que se había mantenido al margen desde que entró, con actitud tímida, observando con esa sonrisa suya, se acercó a mi madre y le susurró al oído. A continuación, mi madre nos sorprendió con una reacción de enfado que nunca había visto en ella. Además fue desproporcionada, no venía a cuento de nada.

—¡Caray con el dichoso niño! ¡Solo sabe llorar y cagar!

—Patri, no pasa nada, se acaba de despertar y se ha visto solo.

Polita seguía susurrando cosas a mi madre, sonriente, divertida. La niña me miró y se tapó la boca conteniendo una carcajada.

—¡Pues ocúpate tú, Pep! ¡Siempre tengo que cargar con los dichosos niños!

—Patri, tranquila, ya voy yo.

No sabíamos qué mosca le había picado a mamá. Cuando papá pasó junto a mí encogió los hombros y me removió el pelo simulando normalidad, pero se le veía tan extrañado como yo.

—Ayuda a preparar la mesa, Bielito, que de aquí a un rato vamos a comer.

Mi madre, enfurruñada, se ocupó de la paella al fuego y mi padre de Tomás. Miré a Polita.

—Me voy, Bielet. Dejaré que comáis tranquilos. Quiero volver, tus padres me gustan.

La acompañé hasta la puerta desde donde la vi marcharse, se encaminó hacia el cementerio con paso alegre, saltarina, canturreando, infantil.

En casa todo volvió a la normalidad, mi madre se disculpó por su repentino enfado, no supo darle sentido a su repentino arranque de cólera. Mi padre la disculpó aludiendo al estrés del parto, relativamente reciente, y la nueva responsabilidad. ¡Cuánto se querían mis padres! Se cogieron de la mano, hubo varios *piquitos* durante la comida y miradas cómplices de las de: *Date una vuelta Bielito*. Luego pasaban cosas entre ellos, cuando volvía del paseo estaban como más alegres y cariñosos.

A media tarde intenté ver a Polita y a Marc. Desde la calle se podía oír la discusión que tenían en la casa, a puerta cerrada. Fui al patio lateral, no había nadie, ni jugando en la tierra ni sentada en el poyete. Allí dentro tenían una buena bronca, me fui, no quise molestar. Decepcionado, volví a casa para jugar, me encerré en mi cuarto, en la planta de arriba. Cogí un libroaventura e intenté jugarlo. Preocupado por mis vecinos, no pasé de crear la hoja de personaje. La discusión se había convertido en una escandalosa pelea: cristales rotos y portazos, Golpes y gritos. Me asomé a la ventana, desde ahí podía ver la fachada principal y la mayor parte del patio de mis vecinos.

Desde mi parapeto, en la primera planta, pude observar como algunos habitantes de las casas cercanas asomaban discretamente, interesados en saber qué estaba ocurriendo. Se les notaba escandalizados. Algunos, desde sus portales o ventanas, comentaban esa anómala perturbación en el pueblo. La discusión de nuestros vecinos continuó hasta caída la tarde, cuando anocheció: insultos terribles, portazos, también un trueno, o más bien la explosión de un potente petardo seguido de unos gritos espantosos con los que se me encogió hasta el alma. Nunca antes escuché algo así. Pensé en la persona responsable del chillido, debió sufrir un dolor insoportable. Todo aquello fue breve, terminó repentinamente haciéndose un silencio mortuorio roto por el aullido de algunos perros cercanos, como si lloraran una grave desgracia. Me aparté de la ventana, mi corazón latía a mil, me senté en el borde de la cama, asustado. Algo muy malo acababa de ocurrir.

Oí rumores del exterior y me atreví a sacar la cabeza por la ventana otra vez, algunos vecinos ya estaban en la calle intentando entre todos saber lo acontecido. Se abrió la puerta principal de la casa en la que se había generado el escándalo. La gente enmudeció de nuevo. Salió el vecino, el cabeza de familia. Se le veía cabizbajo, como desorientado, de movimientos inseguros, desequilibrados y torpes. Sujetaba una escopeta humeante que se le escapó de los dedos, haciendo un ruido estrepitoso al caer sobre el suelo asfaltado. Se sentó en el escalón de la entrada y ocultó el rostro entre sus manos. Los vecinos no dudaron en socorrerlo de inmediato, apartando la escopeta tendida a sus pies. Algunos quisieron sonsacar información sin resultados. Enmudecido, el vecino solo se balanceaba de adelante atrás.

Dos de los más atrevidos entraron en la casa. Salieron en pocos minutos acompañados de Marc, lo traían cogido de la mano. Los tres llevaban cara de susto, los hombres pidieron a voces que se llamara a la policía y una ambulancia. Mis padres también se unieron al grupo vecinal, intentaban socavar información, además de ofrecerse para colaborar en todo lo necesario.

Escuché una risita por encima de todo el parloteo que se formó en la calle. Al mirar el origen de la misma, vi a Polita corretear en las sombras hacia el cementerio. Nadie reparó en ella, solo yo desde mi ventana. Alterado por el altercado, del que no supe lo verdaderamente ocurrido hasta el día siguiente, y preocupado por el bienestar de Polita, salí con sigilo de la casa. Aproveché el descuido de mis padres para ir furtivo tras los pasos de mi amiga. Me paré a los pies de la escalinata, estaba oscuro. Miré atrás preocupado por si alguien me había visto. Escuché de nuevo la risa de Polita en lo alto de las escaleras, en la negrura de la noche.

Sin luces que me guiaran, subí, inseguro, mirando de pisar cada escalón para no tropezar. Llegué arriba, traspasé las puertas abiertas, entré en el cementerio. No lo pensé mucho, mi preocupación por Polita era superior a todo el miedo que pudiera tener a cualquier camposanto por la noche. La encontré enseguida, sentada en un banco de piedra, me sonreía. Miró con curiosidad cada paso que dí hasta sentarme junto a ella.

—Hola, Bielet.

—Hola, Polita. ¿Qué ha pasado? ¿Estás bien?

—Estoy bien, gracias. Mañana por la mañana podría ir a tu casa a desayunar, ¿vale?

Fue meses más tarde, rememorando todos los hechos, que me di cuenta de que aquella noche Polita eludió mi pregunta. Nunca me contó qué había ocurrido en su casa, después me enteré de todo gracias a mis padres, a las conversaciones oídas entre el vecindario o lo leído en los periódicos.

—Ah, vale, sí. Oye, es mejor que volvamos, se estarán preguntando dónde estás, ¿no?

—No te preocupes, Bielet, aquí estoy bien. Vete tú, es mejor que tus padres no sepan que estás aquí.

—Ah, bueno, puedo quedarme un rato para que no estés sola.

—Es mejor que te vayas ahora, Bielet. Vete, yo estoy bien aquí. Mañana nos vemos.

Empujado por su insistencia, volví a la casa vacacional. Me hubiera quedado más tiempo, a riesgo del enfado de mis padres, pero obedecí a Polita, embobado por su sonrisa, por los graciosos hoyuelos de sus mejillas.

La policía había llegado, las luces se veían desde la puerta del cementerio. Entré en casa sin que nadie se diera cuenta de mi momentánea ausencia. Estuve el resto de la noche en mi cuarto, espiando desde la ventana, absorbido por las trágicas circunstancias. Llegó una ambulancia en la cual se llevaron un saco, sacado del interior de la casa, que abultaba el alto y el ancho de una persona, de esos para transportar cadáveres como los que se ven en las películas policíacas. También se llevaron a Marc en un coche de la policía local y al padre, esposado, en una patrulla de la guardia civil. Los vecinos todavía estuvieron murmurando un par de horas después de irse los agentes de la ley y los sanitarios. La casa quedó acordonada mediante cinta policial, un aviso explícito de prohibición de paso a cualquier persona sin autorización. En mis oídos todavía podía escuchar el tronar del disparo, los gritos de dolor y el lamento de algunos vecinos: *¡pobre Catalina!* No fui capaz de dormir durante el resto de la noche.

Cerca del amanecer escuché una risita. Eché una ojeada por la ventana, una niebla no muy densa estaba aposentada en el pueblo, refrescando el ambiente. Vi a Polita al final de la calle, en la esquina de la última casa, me miraba como si supiera en qué punto de la ventana iba a asomar. Saludé con la mano. No obtuve respuesta. Un escalofrío recorrió mi cuerpo, como si algo más debiera pasar antes del amanecer. Como si algo malo fuese a ocurrir. En ese momento no caí en la cuenta, ¡ingenua juventud!, la policía no se había llevado a Polita con su hermano. Ahí estaba ella, me observaba desde la calle. Creyendo no haber sido visto, saludé de nuevo. No pareció reaccionar, ni un mechón de pelo se movió en su cuerpo, pero no apartaba la vista. Sin razón aparente, el miedo inicial venció mi resistencia. Cerré las persianas y me envolví en la sábana.

Por la mañana, al despuntar el día, sonó el timbre de la casa, supuse que era Polita y bajé corriendo para abrir. El sol iluminaba con fuerza, dejándome con la extraña sensación de haber tenido una pesadilla, como si lo ocurrido la noche anterior fuese producto de mi imaginación.

—¡Ya voy! —grité para que mis padres no se adelantaran.

—Qué, ¿a dónde vas? —A veces mis padres no se enteraban, No contesté.

—Hola, Polita.

—Hola, Bielet.

La dejé entrar y la llevé a la cocina. Se sentó y yo saqué leche, cacao y magdalenas. Nos reíamos haciendo carantoñas con cada bocado y sorbo. Desayunamos.

—¿Y tus padres?

—Ah. Estarán cansados, se acostaron tarde con lo que ocurrió en tu casa. ¿Cómo está tu familia? Vi que se los llevaron.

—Están bien, no te preocupes. ¿Tus padres tardarán mucho en bajar?

—Ah, no sé. Ya bajarán.

—¿Subimos nosotros?

—Ah, no. ¿Para qué? ¿Has terminado?

—Sí.

Retiré los restos del desayuno y los puse en el fregadero, como tenía costumbre. Ella se levantó y se fue al pie de las escaleras. Parecía impaciente.

—¿No tardan demasiado? Subamos a ver.

Me extrañó la insistencia de Polita, casi me molestó, pero estar con esa niña me dejaba como atontado. Me pregunté si ella sería mi primer amor.

—Mejor vamos a ver la tele.

Nos sentamos en el sofá, delante del televisor, al poco apareció mi padre por las escaleras bajo la atenta mirada de Polita.

—Qué, ¿con quién hablas, Bielito? —preguntó antes de bajar—. ¿Es tu nueva amiga, la Nena invisible?

—Polita.

—¿Qué? Sí, eso, Polita.

Mi padre bajó directo a la cocina sin prestar atención al salón, Polita se levantó y también fue para allá. Yo la seguí a ella. Cuando entré, él estaba delante del fregadero mirando las tazas y las cucharas sucias del desayuno, ella le susurraba algo, quizá un saludo. No sé.

—¡Joder, Bielito! ¡No te basta con dejarlo todo sucio, hoy tienes que guarrear el doble!

Me asusté, mi padre nunca me hablaba en ese tono.

Mi madre apareció en la cocina y no tardó Polita en correr junto a ella. Le susurró al oído, digo yo que saludando, ¿no? Una forma peculiar de hacerlo. Parecía que con todos hacía eso, se acercaba y les decía cosas en un tono muy bajo, la mayoría de veces se llevaba la mano a la boca, como queriendo que no le vieran mover los labios. Solo conmigo hablaba de forma normal, quizá le caí en gracia.

—¡Uy! ¿Qué gritos son estos? ¡¿No puede haber paz en esta casa?!

¿Qué estaba pasando aquí? Mis padres nunca se mostraban tan irritados, debían estar alterados por lo de la noche.

Polita fue pasando de uno a otro susurrando cosas al oído, cosas que yo no llegaba a escuchar, a lo que ellos parecían reaccionar.

—¡Qué! Mira este desastre de la pica. ¡Es culpa tuya, tienes al niño mal criado!

—¡Qué gilipollas eres, Pep!

—¡Muy bien, Patri, empezamos con los insultos! ¿Ese es tu nivel intelectual?

—¡Qué dices! ¡Eres tú el que ha comenzado, gritando como un idiota!

Los ánimos se habían calentado en la cocina. Aparté a Polita para que saliéramos, me avergonzaba ver a mis padres de esa guisa.

—¿Tiene que ser ahora, Bielet? —Parecía como si todo eso le divirtiera.

—Sí, Polita. Salgamos ahora, por favor.

Accedió de mala gana y salimos de la casa. Mis padres bajaron por momentos el tono de su discusión. Fuera, Polita dijo: *vamos. S*e encaminó hacia el cementerio. Yo detrás, sin muchas ganas. Cuando estuvimos dentro del camposanto nos sentamos en un banco, el mismo donde la vi por la noche.

—Me gusta tu familia, Bielet.

—¿En serio? Gracias, Polita. Después de ver a mis padres discutir, pensé que no tendrías una buena impresión de ellos. Para mí es la primera vez que les veo tan enfadados. Normalmente están de buen humor y dándose *piquitos*.

—No te preocupes por los gritos, no me ha molestado. Así se puede ver cómo es la gente en realidad.

—Ah.

—¿Puedo pedirte un favor?

Asentí con la cabeza. Polita se inclinó sobre mí, por primera vez me susurró en la oreja:

—Mátalos.

Me quedé sin palabras.

—Por favor, hazlo por mí, Bielet.

No supe qué contestar a eso, solo me levanté para irme a mi casa,

—Luego iré con tu familia, Bielet. ¡Hasta luego!

Llegué a casa, mis padres estaban abrazados. Cuando me vieron, se separaron para realizar las tareas de casa.

—Qué, ¿cómo lo llevas, Bielito?

—Tienes que disculparnos por lo de antes, cariño. No sé qué nos ha pasado a tu padre y a mí, es por lo que ha ocurrido con los vecinos, no hemos podido dormir.

Nos abrazamos, cariñosos. Todo quedaba olvidado.

—Tú madre y yo hemos hablado de ir a hacer un pícnic ahora al medio día. ¿Te apetece?

Saliendo de Biniamar por la calle del Comte, hacia la montaña, y siguiendo el torrente del Massanella, se llegaba a un área recreativa perteneciente al pueblo, había barbacoas y bancos de madera donde sentarse. Como era un día entre semana, tuvimos toda la explanada para nosotros cuatro, mis padres, Tomás y yo. Me puse morado de refrescos y de carne torrada en las brasas. Nos lo pasamos muy bien en familia, todo transcurrió con normalidad hasta que escuché una risita a mi espalda. Sentada en el muro bajo de piedra seca que delimitaba aquel espacio de ocio, Polita me miraba, sonriente, con sus graciosos hoyuelos. Más allá del muro, un camino se adentraba en la espesura del bosque. Me alegró verla y fui corriendo con ella.

—Hola, Bielet.

—Hola, Polita.

—Veo que lo estáis pasando bien.

—Sí. Ah, ¿has comido? Queda carne y pan, todavía.

—No, gracias. No tengo hambre.

Me encantaban esos hoyuelos cuando sonreía.

—¿Te acuerdas de lo que te pedí esta mañana?

Me puse sombrío., no había vuelto a pensar en ello.

—Quiero que lo hagas, Bielet. No hace falta que sea ahora mismo, antes nos divertiremos un poco. ¡Vamos!

Se apeó del muro, de un salto, con la gracia de un hada. Trotando, fue directamente donde teníamos ocupada la barbacoa, con mi familia. ¿A saludar? No sé. Les fue cuchicheando al oído, pasando de uno al otro. Ellos nunca contestaban, pero reaccionaron tras cada susurro. Mi hermanito, en el cochecito, se puso a llorar.

—¡Qué, Patri, Tomás seguramente ha manchado el pañal!

—¿Y tengo que hacerlo yo?

—¡Joder! ¡Es tu puto hijo! ¿No? Mira cómo lo tienes.

—¡Uy! ¿Qué pasa, tú no eres su padre?

—¡Pues sí! ¿O no?

—¿Cómo que: *¿O no?*?

—¡Pues eso, tía, que no me hice la prueba de paternidad!

—¡Qué gilipollas eres, Pep!

Polita se reía, pasaba de uno al otro y yo no entendía nada, solo veía a mis padres reñir como nunca antes lo habían hecho. Corrí junto a ellos, dolido por lo que presenciaba. Ocurría demasiado a menudo allí en Biniamar.

—¿Por qué os habláis así, es que ya no os queréis?

Estaba realmente preocupado, llegué a pensar si no sería culpa mía. Me saltaron las lágrimas del disgusto. Escapé de allí, corriendo hacia la casa donde estábamos pasando las vacaciones. Llegué exhausto, hice el camino de vuelta prácticamente sin parar. Como no tenía las llaves de la casa, fui al patio de los vecinos, ahí los policías no pusieron cinta para impedir el paso. Me senté en el poyete del muro, entonces vi a Polita, me había seguido. Llegaba andando tranquilamente, Sonreía. Se sentó junto a mí.

—¿Por qué te has puesto así, Bielet? Lo estábamos pasando bien, ¿no?

—Ah. ¿Qué? ¡No! Yo, no.

—Bueno, no le des mucha importancia. Recuerda lo que quiero que hagas.

—Ya, ah, oye, no lo haré, Polita. Eso no.

—¡Claro que sí, Bielet! Lo harás.

Me angustié en ese momento. ¡¿Cómo que iba a hacerlo?! ¿Matar a mis padres? ¡Qué locura! Salí corriendo del patio y ahí estaban ellos con Tomás, entrando en la casa.

—Bielito, cariño. Venga, entra en casa.

Dentro, todo fueron disculpas, mis padres no pudieron dar explicación a lo ocurrido en el merendero. Al final, una vez más, echaron la culpa a la tensión sufrida por la tragedia de los vecinos. Hablando, coincidimos en querer irnos de allí. Fue de unánime decisión dar por finalizadas las vacaciones en Biniamar. Pasaríamos una última noche en el pueblo, por la mañana volveríamos a casa, en Palma. No pasó nada notable durante el resto del día, estuvimos todo el tiempo juntos. Besos, *piquitos*, caricias, abrazos. Hicimos las maletas, cenamos y nos fuimos a dormir temprano para madrugar descansados.

A media noche me despertó la risa de Polita, el sonido llegó a través de la ventana. Me asomé y ahí estaba ella, me miraba como si supiese el punto exacto donde iba a asomar. Me hizo señales con la mano para que bajara y atravesó la calle hasta la puerta de mi casa. No sé qué me pasaba cuando la veía, cuando estaba con ella, no pensaba con claridad, me veía impulsado a hacer cosas que con otra persona jamás hubiera hecho. Lo más preocupante era que lo hacía voluntariamente. Solo quería congraciarme con ella. Bajé las escaleras con sigilo, atravesé el salón y abrí la puerta. El susurro llegó alto y claro, solo para mí.

—Hola, Bielet.

—¿Qué haces aquí, Polita? Es muy tarde.

Entró en casa sin esperar a ser invitada. Se le veía tan extrañamente feliz. ¿Acaso no le afectaba la muerte de su madre?

Me hizo señales para que la siguiera. Se metió en la cocina, abrió el cajón de los cuchillos y cogió un hacha de carnicero. Los hoyuelos de sus mejillas se veían encantadores.

—Toma.

Cogí la afilada herramienta, no pude negarme, con ella siempre me encontraba como en una nube.

—¡Vamos!

La seguí otra vez, agarrando con fuerza el mango de la afilada herramienta. Subimos las escaleras con cuidado de no hacer ruido. Polita paró frente al dormitorio de mis padres, la puerta estaba entornada. Se llevó un dedo a los labios solicitando silencio. Empujó la puerta. Mis padres dormían abrazados bajo las sábanas. Tomás estaba en su cuna, junto a la puerta. Ahí miró Polita, siempre sonriente. Me hizo señales y acudí junto a ella.

—Quiero que lo hagas, Bielet. ¡Ahora!

Miré a mi hermanito, ese bebé precioso al que adoraba desde el día que lo vi por primera vez. Los nervios iban a poder conmigo, cogía el mango con ambas manos, apretado al pecho. Detrás de mí, mis padres dormían sin saber qué iba a ocurrir de un momento a otro. Polita salió del dormitorio, asomando la cara junto al marco de la puerta. Una luz exterior, filtrada por una ventana, silueteaba su figura. Sus ojos refulgían de forma especial y la comisura de los labios se extendieron hasta formar una sonrisa que me asustó, mostraba una fila de dientes puntiagudos y amarillentos.

—¡Ahora, Bielet!

Sí, pensé que era el momento. Sujeté con firmeza el hacha, dispuesto a cumplir con los deseos de Polita. Ningún sonido perturbaba el momento, excepto mi respiración.

—Uy. ¡Bielito! ¿Qué haces?

Pegué un respingo. Mi madre, con voz adormilada, me había descubierto. Miré a la puerta buscando a Polita, pero no estaba, me había dejado solo. Llevado por el miedo y el sentido de culpabilidad, cerré los ojos y contuve la respiración. Comprendí que mi madre no podía ver qué agarraba con mis manos, la oscuridad ocultó las señales que hubiesen destapado el mayor de los crímenes. Expulsé el aire, aliviado.

—Nada, mamá, es que me pareció que Tomás estaba despierto.

—Gracias, cariño. No te preocupes, mi amor. Vuelve a la cama y duérmete, ya me ocuparé de Tomás si se despierta. Anda, dame un beso antes de irte.

Al darme la vuelta, intenté que no viera la hoja de carnicero, con un movimiento rápido lo oculté detrás de mí. Di unos pasos hasta la cama, miré a mi madre desde un ángulo más alto. La pobre mantenía los ojos abiertos con esfuerzo, se la veía indefensa. Escuché una risita, venía de fuera del dormitorio, del salón, tal vez. Me incliné y besé a mi madre en la mejilla. La mano con la que sujetaba el hacha me sudaba. Pensé si no debía aprovechar el momento.

—A la cama, Bielito.

No pude dormir esa noche, ni separarme de la diabólica hacha, hoja fría como el aliento de un demonio de escarcha. Por la mañana, con las primeras luces, mis padres se levantaron y fueron a buscarme. Escondí el afilado instrumento bajo el colchón con la idea de devolverlo más tarde al cajón de la cocina.

Recogimos las sábanas y los objetos de aseo, lo último que nos quedó por empaquetar en la maleta. Abrazos, besos, *piquitos*, sonrisas y ni rastro de Polita. Me sentí libre de mi ciega obediencia. Después del desayuno, salimos con todos los bártulos afuera. Antes de que mi madre asegurara la puerta con la llave, me acordé del hacha.

—¡Espera, mamá!

—¿Qué pasa, Bielito?

—Me he olvidado una cosa.

—¡Uy! Pues venga, date prisa. No quiero estar ni un minuto más en este pueblo.

Entré corriendo, atravesé el salón y subí al primer piso. Me introduje en mi cuarto. La endiablada herramienta culinaria seguía donde la dejé. Regresé abajo, con cuidado de que mis padres no me vieran con aquello en la mano. Mi intención era dejarlo en el mismo cajón de donde salió. Cuando ya tenía el primer pie en la cocina, escuché la risa de Polita. Estaba allí dentro, conmigo. La vi en la entrada de la casa, escondida detrás de la puerta entornada. La sujetaba mi padre desde fuera, evitando que se terminara de cerrar. La niña hizo señales para que fuese con ella, esa sonrisa y los hoyuelos de las mejillas me tenían cautivado, vencida mi voluntad. ¡La quería tanto!

—Mátalos.

El susurro llegó a mis oídos, más bonita la voz que la brisa de la primavera. Hacía florecer en mí las ganas de hacer cosas, cualquier cosa, lo que me pidiera.

—Qué, Bielito, ¿tienes para mucho? —Mi padre se impacientaba con la tardanza.

Asomé la cabeza por la rendija de la puerta. Miré a mi familia, papá, mamá, Tomás. Un hipnótico susurro en mi oreja:

—¡Ahora, Bielet!

Hasta ahí llegan mis recuerdos.

Cumplí los dieciocho años recientemente. Escribo esto antes de salir de la casa de acogida para menores del Consell de Mallorca. Todavía hay días en los que espero escuchar la risa de aquella maravillosa niña, Polita. Quisiera verla aparecer tras cada esquina. Añoro esa sonrisa, los hoyuelos de sus mejillas. Creo que podría encontrarla otra vez en Biniamar. ¿Cómo será? ¿Cuánto habrá crecido? ¿Seguirá teniendo esos hoyuelos? Me da miedo volver a ese pequeño pueblo. Lo que viví, lo que hice, jamás será borrado de mis pesadillas. ¿Qué me susurraría ahora, Polita? ¿Cumpliría con lo que me dijera?

Sí, lo haría. ¡Una y mil veces!

No sé qué pensaréis de esta historia, solo puedo decir que desde ese día perdí todos mis poderes, los poderes de un niño con mucha imaginación, supongo. Nunca más iba a ser Bielet o Bielito.

Lo echo de menos.

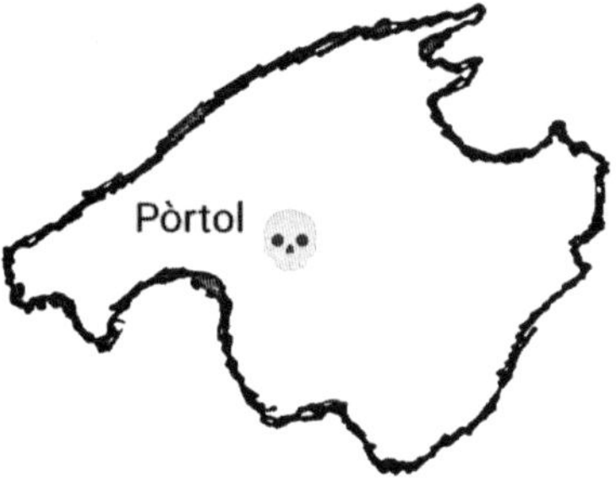

La muerte crea adicción

De Óscar Millán Vivancos

Aquel extraño juego duró varios meses. Mi prima y yo descubríamos el mundo juntos. Nos veíamos cada finde en la caseta de Pòrtol, en Marratxí.

Explorábamos, experimentábamos y entendíamos. Nos iban poseyendo extrañas ideas. Teníamos sed de conocimiento. Éramos científicos amorales. La muerte nos llamaba mucho la atención. Empezamos por pisotear los pacíficos escarabajos que deambulaban por el solar. Después cogimos gusto a torturar hormigas, o arrancábamos las alas a las mariposas, que habían sido libres y hermosas hasta entonces. También abrimos en dos, longitudinalmente, alguna lagartija, con un cúter oxidado. Analizamos el interior de algún gorrión caído, tras desplumarlo vivo.

Todo el reino animal funcionaba del mismo modo: todo ser iba quedando paralizado según se escapaba la sangre. Aquel gatito pequeño, que se había perdido, tampoco tuvo suerte al encontrarnos.

Y finalmente, aquel día fatídico que marcaría para siempre nuestras vidas...

La idea se me ocurrió a mí al ver los cuchillos nuevos que habían comprado mis padres.

Pero teníamos que ser rápidos. Y así fue. Se habían juntado nuestros mayores para disfrutar de una paella, como cada domingo.

Aprovechamos la hora de la siesta. Nuestras madres se habían ido a pasear.

Y cada uno hundió su cuchillo a la vez. Corazón adentro.

Los culpables de este horror

Relatos: TERROR EN LA BIBLIOTECA y MUERTE POR CHOCOLATE

Joan Cabalgante Guasp, nacido en Palma, en 1976, licenciado en filología hispánica por la UIB (2000) y diplomado en literatura catalana. Poeta, ganador de diferentes premios literarios. Ha publicado alrededor de cinco libros de poesía (*Les veus manllevades*, *Perpètues paraules*...). Colaborador habitual de la revista digital *Cap Vermell*. Trabaja como profesor.

Relato: TALAIOT

Juan Pablo Garcia Martínez (Vinyols I Els Arcs, 1976 - Tarragona) prefiere el nombre de Pau Garcia, como lo conoce todo el mundo. Escritor aficionado, desde su adolescencia, de poemas y relatos, nunca ha mostrado o publicado nada, esta es su primera incursión pública, con la que espera, al menos, dejar de ser tan procrastinador.

Relatos: HOTEL L'ILLA DE LA CALMA y LA MUERTE CREA ADICCIÓN

Óscar Millán Vivancos (A Coruña, 1970) comenzó a escribir poemas a los doce años, durante una convalecencia hospitalaria. En el instituto eligió la opción de letras. Ya en su adolescencia escribió sus dos primeras novelas, *Lágrimas de Peter Pan* y *Adolescente nostalgia* y uno de sus mejores poemarios, el gótico *Telarañas gigantes*. Terminó recientemente una carrera de filología inglesa por la UNED. Ha autoeditado su novela *La caricia de la medusa* y el poemario infantil *Zombis, momias y otros malos rollos*, aparte de libros escritos en coautoría con otros escritores. Trabaja como conserje de noche en un hotel de la Platja de Palma.

Relato: OBRI SA PORTA

Maribel Betania Racedo Hernández, nacida en Córdoba, Argentina, en el año 1985. Creció con la literatura como parte de la educación de una familia poco convencional. Padre poeta, abuelo poeta, pintor y escultor y la fortaleza de una madre psicóloga. Amante del arte dramático, la escritura y la lectura comenzó a escribir poesías a los 9 años. Su primer libro publicado, *Tres palabras*, vio la luz en el año 2023.

Relatos: POLITA y OLOR A MUERTE

Toni Sicilia, nacido en Palma un glorioso día de verano de 1970. Aficionado a la lectura desde temprana edad. Más tarde, en tiempos más recientes, se dedicó a escribir, consiguiendo la publicación de cuatro novelas en tres editoriales diferentes y unos cuantos relatos cortos en un variado número de revistas y antologías.

Últimas palabras

Cuando sugerí la idea de crear un libro de relatos de terror inspirados en Mallorca, no pensé que llegaría tan lejos. Enseguida se formó el grupo *Mallorca terrorífica,* para estar conectados. Ahora, este libro que tienes en tus manos es el resultado del esfuerzo conjunto de Maribel Racedo, Joan Cabalgante, Pau Garcia, Óscar Millán y yo mismo.

Sin querer extenderme mucho, en nombre de mis compañeros y en el mío propio, quisiera hacer varias menciones de agradecimiento. Son personas por las cuales el trabajo final en esta antología de terror, *Mallorca la isla más terrorífica*, ha ganado en calidad. No hay orden de preferencia, al final todos somos igual de importantes.

Gracias a Maribel, Joan, Pau y Óscar, no solo por los relatos aportados, sino por su completa implicación en la realización del proyecto.

Gracias a Cati por una buena idea que tuvo y que fue implantada en el libro.

Gracias a Yasmin Ferrer por un prólogo que nos enseña los monstruos ficticios y los reales de nuestra sociedad de consumo.

Gracias a Lorena Benítez por regalarnos una increíble ilustración para la cubierta del libro.

Gracias a Luís Ortas por su desinteresado aporte a través de Phoveo, patrocinador de este libro de relatos.

Gracias a Toni y a Armando por prestarnos para nuestras reuniones su inspirador local, el café/museo del terror Transilvania.

Gracias a Andrés, de Rapitbook, por su profesionalidad.

Gracias a todos los que habéis mostrado vuestro sincero interés, siempre nos motivó para seguir trabajando.

Un agradecimiento especial a ti, lector, último eslabón de esta obra, creada para que la disfrutes y, al leerla, cierres el círculo.

Como punto final, a los que por alguna razón no pudieron unirse a nosotros en este, *Mallorca la isla más terrorífica*, quedan abiertas las puertas para un segundo encuentro en 2025 con: *Mallorca, la isla del terror*.

Toni Sicilia